パルパネルは
再び世界を救えるのか

十文字 青

MF文庫J

口絵・本文イラスト●しおん

intermission

Part1

大いなる勇者の過ち

The brave Palpanel confronts the King of the West.

Part2

私は終わりを抱いていたい

Palpanel, who have become immortal by mistake, break the seal of the Ghost King.

Part3

神のみぞ知るとは

Palpanel climbs the highest mountain on the continent to visit God.

1話　大いなる勇者の過ち

西の王を知っているか。

そうだ。

西から東へと破竹の勢いで勢力を広げ、今や大陸の半ば以上を支配している、あの西の王だ。

どうして西の王が、王の中の王と見なされているのか。

西の王にひれ伏し従うのは、五億を超える民だけではないからだ。

大海《たいかい》の竜王。

空山《くうざん》の覇王。

闘界《とうかい》の王。

境界《きょうかい》の王。

西方の名にし負う四王《よんおう》が、西の王の前にひざまずいて忠誠を誓った。

王たちを手足としている王の中の王を、人類はあらん限りの恐怖をこめて、魔王、とも呼んだ。

かつて火山の噴火口だった湖の浮島に立つ、壮大な建造物を目にしたことはあるか。

あれだ。西の王はあの宮殿の奥にいる。

この死火山湖を中心として放射状に広がり、発展、拡大しつづけている巨都には、現在一千万の民が住むという。

薄く欠けた銀盤のごとき月が浮かぶその夜半、巨都の大部分は静かだった。

雲は少なく、草木をそよがす風さえ吹いていない。

鏡と見まごう湖面には、複雑怪奇にして艶麗な王宮の偉容が鮮やかに投影されている。

八百種余りの動植物が絡みあいながら天に昇ろうとする様《さま》を象《かたど》ったという西の王の宮殿は、無数の灯火《ともしび》で煌々《こうこう》と照らされ、まばゆいほどに光り輝いていた。

「なぜだ――」

宮殿の最奥部に位置する王の間は、天球を模して設計された。

この擬似的に再現された天球の主《あるじ》は、玉座の上にいる。

誰あろう、西の王そのひとだ。

「貴様ら人類だけではない。空のもの、海のもの、腐界、闘界、境界のものたち――我が同胞を含め、あまねく生命体が、余を恐れ、余に平伏し、余に従う。なぜだ。なぜ貴様だけは余を恐れぬ――」

数万の文官、武官を収容しうる広大な王の間には、おびただしい屍《しかばね》と、その残骸、いまだ新鮮な血と肉、骨、臓物が散乱し、様々な体液の海に浸っていた。

それらはすべて、西の王を死守しようとした側近、子飼いの部下たち、選び抜かれた親衛部隊のものだった。

「逆に訊《き》こう」

これら膨大な死をもたらした剣の切っ先が、西の王に突きつけられている。

剣を手にしているのは一人の男だった。

「なぜ僕がおまえを恐れないといけない？」

西の王はその支配域で広く用いられている言語を話し、人間とおぼしき男もまた同様だった。人間にとってはきわめて発音しづらい言語なのだが、彼は苦もなく操っていた。

「人類の――」

西の王ともあろう者が言いよどんだ。

王の中の王だけのために設《しつら》えられた玉座は、もう一つの天球だった。球形をなす王の間の中心に、無色透明の星獣骨《せいじゅうこつ》と真銀鋼《しんぎんこう》で造られた球状の玉座が浮いている。西の王は古代魔法を探究する魔術結社を屈服させ、その技術力によって玉座を浮上させたのだ。

「――傲慢で、愚かな人類の……身の程を知らぬ期待を一身に背負い、史上最高、最大の英雄と褒めそやされ、希望の星、救世の勇者とも称されし男が――」

西の王は下々の者を見下ろすのみで、見下ろされることはなかった。

王の中の王は余人の手が届かぬ高みに立ち、世界に君臨しつつあった。

ところが今、その西の王の正面に、人間の男がいる。

「地上でもっとも危険な、余が真に警戒すべき、唯一の人間……よもや、それが――」

彼はきらびやかな甲冑《かっちゅう》など身にまとってはいなかった。兜《かぶと》すら被《かぶ》っていない。使いこまれた簡素な革鎧《かわよろい》の上に、砂塵《さじん》まみれの外套《がいとう》をつけているだけだった。

彼が手にし、西の王の命脈を絶とうとしている得物は、伝説の宝刀なのか。由緒ある聖剣か。おどろおどろしい魔剣だろうか。

違う。

どう見てもそれは、ありふれた長剣にすぎない。

しかも、彼はまだ若い。外見年齢と実年齢との間に隔たりがあるとしても、とくだん若見えする出《い》で立《た》ちでもないのに、場違いなほど若年に見える。

野放図に伸びた彼の頭髪は無造作に束ねられている。髪を切らないくせに髭《ひげ》は丁寧に剃《そ》っているのか、彼の若々しい顔には髭らしい髭が見あたらない。体格もまた、貧弱ではないにせよ、大柄とはとても言えない。

「貴様……なのか」

「何がだ」

「本当に、貴様が、あの――」

「まあ、そうだ」

「本当の……本当に？」

「むろん存在は知りすぎるほど知っておるが、何せ初対面だし……」

「しつこいな」

「だから、僕だって」

「貴様が――」

彼と比べて、否《いな》、比べようがないくらい、魔王とも称される西の王は異形だった。

後世、西の王は、百の目、千の口、万の耳、無数の指を持つ真の怪物として語り継がれる。実際にそれほど多くの目や口や耳が顔中に散在しているわけでは決してなかった。ただし、見ようによってはそう見えなくもない。たとえそのようには見えないとしても、西の王の容姿、外観を適切に形容しうる言葉は存在しない。比喩することすら困難だ。

西の王の許《ゆる》しを得てその肖像を描こうとした画家がひとりだけいる。画家は苦心惨憺《くしんさんたん》して七転八倒したあげく、自死した。これは風評ではない。れっきとした事実だ。

西の王はその実、天球の玉座に座しているのではなかった。ひどくこみ入った形状としか言いようがない王の肉体は、中空の玉座に嵌《は》まりこんでほぼ一体化していた。

王の中の王を搭載した玉座は、謎めいた古代魔法の力で浮かんでいる。

人間の男は、ただ空中に立っていた。

「――そもそも、貴様……他ならぬこの余を討つのに、何ゆえたった一人で」

「不服か」

「不服……というか。貴様には、あの小癪《こしゃく》な薔薇《ばら》の王子だの、戦鬼《せんき》の異名をとる大角人《おおつのびと》だの、陸の荒鯱《あらしゃち》だの、神姫《かむなぎ》とも呼ばれる生意気な小娘だの、雷女《らいじょ》、剣聖《けんせい》、長耳人《ながみみじん》の姑息《こそく》な賢者――貴様ら人類の間では名の通った、幾人もの仲間がいるはずだ」

「まあ、いろいろあって」

「貴様は余を恐れるべきだ」

西の王はこの期に及んで負け惜しみを言ったのか。断じてそうではなかった。

「よかろう。その剣で余を貫くがいい。それで余を討てると思うのなら、やってみせよ」

「四王《よんおう》はいないぞ」

「何？」

「四王を仕留《しと》めて、おまえにその情報が伝わる前に終わらせないといけない。それがこの計画で一番面倒なところだった」

彼は右手で持った剣を微動だにさせず、左手で懐から何か取りだした。百あるわけではない目でそれを見た西の王は、千もない口から奇声と表現するほかない叫び声を発した。

「ほぉうはぁあっ……!?」

彼の掌《てのひら》の上で、極上の指輪から外した宝石のような物体が四つ、身を寄せあっている。

赤々とした光を放つような――ような、ではなく、事実、仄《ほの》かにではあるが、それらはたしかに光っている。よく見るとその物体自体は無色透明で、明滅する光が赤いのだ。

「おまえが四王《よんおう》に埋めこんだ、おまえ自身の分身と言ってもいい、この……何か名前があるのかもしれないけど、僕は知らないからな。とにかく」

「ちょっ、ちょ待っ――」

「待たない」

彼があっさり四つの物体を握り潰すと、玉座に搭載された西の王の肉体が泡立つように蠢動《しゅんどう》しはじめた。

「……き、きききっ、さっ、まぁ……よよ、よ、よくもぉ……」

「おまえの本体を滅ぼしても、分身が四王を乗っ取って復活するんじゃ、二度手間、三度手間、最悪、五度手間だ」

「どど、どうやってぇ……」

「教えない」

「たあぁあっ……！」

突如として西の王が天球の玉座から溢《あふ》れ出《だ》した。その瞬間、西の王は百どころか千、千どころか万、万どころか億の、触手か、蛇か、蚯蚓《みみず》や蛭《ひる》のような環形動物なのか、何かそういったものの集合体と化して、彼に襲いかかろうとしたのだ。

猛然と襲いかかりはしたのだが、西の王、もしくは西の王だったものは、彼にも、彼の外套《がいとう》にも、彼の剣にさえ、ふれることができなかった。何らかの見えざる不可触の膜のようなものが、西の王の奇襲攻撃を妨げていた。

「こ、これが、勇者の秘術――」

それは声ではなかった。

「余を、討って――」

西の王の思念が音波とは異なる波と化して、彼の脳に伝わっていた。

「貴様はいったい、何を得るというのだ――」

もしかするとそれは、彼にしか感じとることができない波だったのかもしれない。

「力も、富も、名誉も……貴様はすでに、持てあますほど持っておるだろうに――」

「本当にな……」

彼はため息をついたが、その眼《め》は西の王の核となるものをしっかりと捉えていた。もっとも、見えていたのではない。それは人間の目に見えるようなものではなかった。形があるようでない、仮にあるとしたら不定形で、大きさも定かではなく、色もない。西の王という存在の中に一点だけ落ちた染みのようなものでしかなかった。

彼は剣先でそれを貫いた。

本来、尋常な剣ごときで破壊しうるものではなかったが、彼にはそれができた。

途端に西の王だったものたちが一斉に動きを止め、水分を完全に失ったような有様となり、ひび割れて、粉微塵《こなみじん》となった。西の王を構成していたものは、灰よりも微細に分かたれて、またたく間に飛散した。天球の玉座はがらんどうになった。

「……やっぱりか」

彼は震動を感じていた。空中に立つ彼に感じられる。だとしたら、それは音だ。その低い音はどんどん大きくなっていった。音だけではない。間もなく揺れとして彼の目に見えるようになった。

王の間全体が激しく揺れ動いていた。曲面の上に幾条《いくじょう》もの通路が敷かれている床が割れた。割れ目から生き物のようにせり出す熱光の群れを、彼はどこまでも落ちつき払って見下ろしていた。

「だろうと思ったよ。万が一、自分が滅ぼされたら、城ごと——」

熱光が膨れ上がって王の間をのみこんだ。彼の見立てどおり、西の王が仕掛けた魔術的な自爆装置は、王の間直下で起爆して宮殿全体を一瞬で崩壊させた。

死火山湖を囲む巨都は突然の大爆発によって目覚め、未曾有《みぞう》の大混乱に陥った。

浮島に屹立《きつりつ》していたはずの王宮、炎と煙のかたまりに、呆然《ぼうぜん》と、あるいは驚愕《きょうがく》、悲嘆、取り乱して目をやる者はいても、夜半の空を飛行する謎の物体を見つけた者はひとりとしていなかった。

謎の飛翔体《ひしょうたい》は、巨都を、そして、王の都に食糧を供給する田園地帯からも遥《はる》か遠く離れ、コロヨという険峻《けんしゅん》な霊山の裾野に降り立った。

正体はあの人間だった。

彼が外套《がいとう》の頭巾を目深に被《かぶ》って霊山を登りはじめると、地平線の彼方《かなた》に日輪が顔をのぞかせた。もっとも、日輪のすぐに上には雲が何重にも層をなし、今にも大地に落ちかかってきそうだった。

天候は悪化の一途を辿《たど》り、間もなく雨が降りだした。風が吹《ふ》き荒《すさ》び、雷鳴が轟《とどろ》いた。

彼はずぶ濡《ぬ》れになりながらも霊山の中腹あたりまで足を止めなかった。近くに手頃な洞窟が口をあけていた。彼はその場所をあらかじめ知っていた。

彼は雨風が吹き込んでこない深さまで洞窟を進んだ。そこでおもむろに火を起こした。

片膝を立てて地べたに座り、焚《た》き火《び》に当たっていると、隣に何者かの気配がした。

見ると、袖のない純白の衣を身にまとった十二、三歳とおぼしき少女が腰を下ろしていた。少女のまっすぐで細い髪の毛は白金の光沢を放ち、その瞳は金色に輝いていた。

人間に似ているものの、人間ではないことは一目瞭然だった。

少女の背中に白金の翼が生えていたからだ。

それだけではない。

頭頂部の上に、仄《ほの》かに光る輪が浮かんでいる。

彼はいくらか驚いたものの、黙って無視していた。

やがて少女が痺《しび》れを切らしたように口火を切った。

「こういうときは、おまえ誰だ、どこから出てきた、とか言うものですよ」

「どうせ神の使いとか、そのあたりの何かだろ」

「……当たりです。いきなり当てないでくださいよ。こういう仕事、初めてなのに。おもしろくない……」

「神の使いが、僕に何か用でもあるのか」

「天使です。わたし。わたしがお仕えする神は、天上にましますので」

「そうか」

「ええ」

「で、その天使が僕に何の用だ」

「神はたいそうお喜びです」

「ああそう。よかったね」

「……人類史上最高最大の英雄にして救世の勇者よ。なんで神がお喜びなのか、訊《き》かないのですか」

「興味ないし」

「魔王こと西の王を討ち果たしたでしょう。あのようなとんでもない地上の乱れには、天上にましますわれらが神もみこみこ……」

「噛《か》んだな」

「か、噛んでないしっ。ええと、だから、天上にましましまし……」

「また噛んだ」

「噛んでないもん。天上にましますわれらが神も、み、御心《みこころ》を痛めておいででした」

「やっと言えたね」

「だるい、この人……」

「ごめん悪かった」

「心がこもってないですよ」

「そうだな。気分じゃないんだ」

「どんな気分じゃないっていうんです」

「いい。忘れてくれ」

「なんか、魔王とか倒しちゃったわりに、元気ないなって。テンション低すぎじゃないですか」

「まあね」

「とにかくっ。神は、どうしようかなって。地上のことには関与しないって決めてるんですけど、ちょっと今回は、やっちゃおうかなって。ついそんなふうに思っちゃったりしていたくらいのあれだったんです」

「さっさとやっちゃってくれてたら、僕がしょいこむ面倒はもっと減ってただろうな」

「そんなわけで、救世の勇者よ」

「無視かい」

「ええ。堂々と。勇者よ。神はあなたに褒美を授けます。どのような望みであろうと、神は叶《かな》えるでしょう。だって、神なんですから」

「……望みか。まいったな」

「何をまいることがあるのです。なんかあるでしょう。古今東西の美女千人集めたハーレムで愛欲に溺れたいとか」

「あのね、天使」

「何ですか」

「その見た目で、そういうこと言うな」

「その見た目とは」

「だから」

「かわいい女の子の見た目？」

「まあ……」

「かわいいですか、わたし？」

「ていうか、子供だろ」

「てめーにだけは言われたかねえ……」

「言葉が汚いな。僕は童顔なだけだよ」

「わたしだってそうです。見た目だけですよ。中身は違います。ひゃくせんれんまですよ、こう見えて、わたし」

「そうなんだ……」

「あたりまえじゃないですか」

「どっちにしても、美女とかハーレムとかは僕、いらないから」

「ふふっ。たいそうおモテになってきましたもんね。勇者だけに」

「なんで知ってるの」

「天使ですから。英雄、色を好む、ですか」

「好んでない。勝手に寄ってくるんだよ。際限なく」

「そういうこと言ってると、敵を作りますよ」

「ふだんは言わない。言ったことあるかな。ないと思うよ」

「でしたら、あなた自身のことなんかちっとも見てなくてただ勇者とか英雄とかのブランドに抱かれたい、みたいなのじゃなく、あなたを愛して、あなただけを信じて、絶対に裏切ることのない伴侶とかでもいいですよ。神だし、そんなのもできちゃいます」

「いや、いい」

「若干禁じ手気味ですが、わたしが伴侶になるとかでも、可は可です。べつになりたいわけじゃないですけど、神がお命じになるのでしたら、しょうがないので……」

「いらないって。僕、基本的に一人で平気だから」

「それは……寂しい人間ですね」

「違うよ。寂しくない人間なんだって。べつに寂しいとか思わないから、一人で平気なんだよ。面倒だな。まったく。本当に、そんな気分じゃないのに。どうしようかな。その褒美って、断れないの？」

「えぇ？　断るぅ？　あのぉ、よりにもよってたった一人で世界を救いやがった勇者にご褒美あげようとしたのに断られちゃいましたぁーって、神に報告しなきゃいけないんですかぁ？　わたしがぁ？　えぇぇー……神になんて言われるか……」

「そうか。それはそれで気の毒だな。初仕事だって？」

「はい。初めての仕事がこれですよ。こんなのですよ」

「相手、神か。何だって叶《かな》えそうだな。神だし。何も欲しくないんだけど」

「そう言わずに。がんばって」

「わりとがんばってきたほうだと思うんだよ。まだがんばらなきゃいけないのか……」

「あとひとふんばり。ひねりだして。わたしのためだと思って」

「そうだな、たとえば……」

「たとえば？」

「うん。たとえばっていうか。不老不死だとか、僕けっこう、まあ興味本位で？　実現方法、探してみたりしたんだけど、見つからなくて。あっちを立てればこっちが立たずみたいな。僕があれだけ探して無理ってことは、不可能なんだろうなって。そういうのでも、神ならできちゃうの？」

「不老不死ですか？　いいですよ」

「や、いいですとかじゃなくて。ただ純粋に興味があって、神ってどこまでやれちゃうのかなって訊《き》きたいだけで――」

「ああよかった」

「よかった？」

「断られたりしたらほんと、出世とかに響くかもしれないし」

「え、ちょ、だから僕はただ興味本位でそういうことが可能か不可能かって話を――」

「ですが、これにて無事にお仕事終了です。ばいばい、勇者よ」

「あぁ、ばいば……え？」

天使はにこやかに手を振ると、瞬時に消え失せた。

そのようにいなくなられてしまうと、天使などという存在が実際そこにいたのか、疑わしく思えた。

しかし、そのときを境に、彼はまごうことなき不老不死と成り果てたのだ。

２話　私は終わりを抱いていたい

「――――まじか……」

　彼は断崖絶壁を前にして大の字になっていた。

コロヨ霊山の険しい北面は岩石層が剥《む》き出《だ》しになっており、このような断崖がいくつもあった。

　彼は天候が回復するのを待ってから、そのうちの一つ、とある名もなき断崖へと赴いた。

　そして、ひと思いに飛び降りてみたのだった。

　その気になれば、秘術で浮遊することも彼にはできる。巨竜の体当たりを受け止めることも不可能ではない。防衛本能が働いてとっさに身を守ってしまうことも十分考えられた。

　それゆえに念のため、彼はきつく目をつぶって飛んだ。

　いかに彼といえども、何の手立ても講じずにこの高さから身投げしたら、さすがに無事ではすまない。それどころか、確実に落命する。

　そのはずだった。

　瞬間、衝撃を感じた。この身が砕け散ったのではないか。そう思われるほどの、なかなかに恐ろしい衝撃だった。死を覚悟したのはいつ以来だろう。地上に彼を脅かすものがほとんど存在しなくなって久しい。彼は一抹の懐かしさすら覚えた。

「……懐かしさを覚えられるのが変なんだよ。死んでないし。骨一本折れてない。落ちたときは痛かったけど。痛かったのかな。いや一瞬、痛かったよな。もう痛くないけど。傷一つないし。どうなってるんだ、これ……」

コロヨ霊山の頂上付近には地底へと続く旧《ふる》き迷宮の入り口がある。その深部には、何を隠そう、霊王アルダモートが封じられているのだ。

かつてアルダモートが呪いで縛った死人《しびと》の兵団や妖術師、古代竜などを繰り出して世を騒がせた折、一人の男がこれを打ち倒した。その男こそ他ならぬ彼だった。

もっとも、霊王というくらいでアルダモートはすでに死んでいたから、死者を殺すとなると難しかった。完全に滅する手段もあるにはあったが、何百年も前の世界を直接知る稀《け》有《う》なものを消し去ってしまうことになる。それはどうなのだろう。滅する以外に方法はないのか。あった。封印すればいい。

彼は霊王が封じられている旧き迷宮の最深部、暗黒玉石《あんこくぎよくせき》製の王陵に辿《たど》りつくと、躊躇《ちゆうちよ》なく封印を解いた。

「これはこれは――」

果たして、アルダモートは黄緑色の蛙《かえる》の姿で出現した。

「よもやこれほどまでに早く解き放たれるとは思ってもみなかったぞ、人間の勇者よ」

「久しぶりだな、アルダモート。さっそくだが、何も訊《き》かずに僕を殺せ」

「そうしてやりたいのは山々だがな。忌まわしいことに、私は貴様のでたらめな秘術のせいで、これ、このとおり、一匹の醜い蛙でしかない」

「べつに醜くはないと思うけど。僕は蛙、けっこう好きだし」

「何だと？」

「好きなんだよ。蛙」

「な、なぜ」

「かわいいだろ」

「かわいい？」

「蛙」

「ど、どこが」

「形とか。まあ形かな」

「……ともかく、この姿では貴様に呪い一つかけられるものか」

「わかった」

「わかった？」

「うん。もとに戻してやる」

「正気か?」

「こんなこと冗談で言うと思うか?」

「……貴様はどうもよくわからぬ人間だ。そもそも、私を滅しなかったのも……」

「いいから、やれ」

彼が常人にはとても発音しえない文句を詠唱して秘術を解くと、黄緑色の蛙《かえる》はたちまちのうちに長身の艶然たる美女と化した。

その身にまとうは、彼女自身の波打つ艶《つや》やかな黒髪だけだ。唇は紅を差したように赤い。琥珀《こはく》の瞳はしっとりと濡《ぬ》れ、妖しく光っている。

「よかろう。悔いても遅いぞ、人間の勇者よ」

霊たる霊にして肉を帯びし霊ならざる霊、霊王アルダモートは、ただちに幾千万の怨霊を召喚し、ありったけの呪いを彼に浴びせた。

それは並の人間、いや、以前、霊王を封じたときの彼でさえ、数百回のたうち回って死にきれなくも死に腐るほど強力な、途方もなく禍々《まがまが》しい、呪いの粋《すい》を集めた呪い、まさしく呪いの中の呪いだった。無力な蛙に成り下がった霊王は、いつの日か必ずや人間の勇者に復讐《ふくしゅう》せんと誓った。考える時間だけはたんまりあり余っていたので、そのための方策を練りに練っていたのだ。

「――だめか」

彼は王陵に呆然《ぼうぜん》と立ち尽くしていた。

霊王アルダモートは彼の前に座りこみ、完全に虚脱している。

「なぜだ……人間の勇者、貴様、なぜ……底知れず、数も知れぬ怨霊どもが総力を挙げた呪いをまともに食らって……どうしてそうもぴんぴんしていられる……」

「話せば長い」

「さもあろう。この霊王がふたたび敗れるに至った理由、その経緯だ。短い話であってたまるか……」

「そうでもないか」

「……何？」

「じつは僕、不老不死になったらしい」

「は？」

「西の王を殺したら、神が使いをよこして、何か褒美をくれるって言うから、不老不死とかは神でもさすがに無理かなみたいなことを適当に話したら、本当に不老不死にされた」

「神、とは……天上にいるという、あの……正真正銘、本物の……あの神のことか？」

「みたいだな」

「……それは……神は神でも、もう神のごときものだからと神を名乗ってしまっている、言ってしまえばまがい物の神ではなく、神の中の神というか……ずばり神ではないか」

「だから、神だって」

「神は不老不死どころか不滅であろうし、我々と比べたら全能に近いわけで、地上の生命体一つ、不老不死にするくらい、まあ可能ではあるのだろうな。いざとなれば、神が滅ぼしてしまえばよいのだから……」

「ほんと、アルダモート、おまえにはがっかりだよ。そこまで期待してたわけじゃないけど、おまえの呪いは魔術なんかと違ってややこしいし、ひょっとしたらと思わなくもなかったんだ」

「自分を殺せ、と……あれは貴様の本心だったとでも？」

「そう言ったじゃないか」

「いや、私はまた、油断ならない貴様のことだから、何かとんでもない奸計《かんけい》を巡らしているのではと……」

「僕のことをそんなふうに思ってたのか。傷つくな」

「え……？」

「いや。今のは忘れろ。もういい」

彼が余人にはとても発音できそうにない文句を詠唱すると、アルダモートは一瞬で無力な黄緑色の蛙《かえる》に変わり果てた。

「……ああっ。何をする！」

「あのままほっぽっておくのは、さすがにちょっとね。痩せても枯れても、おまえは邪悪な霊王なんだし」

「長々と封印されて、いきなり解き放たれたあげく、この仕打ち。勇者め。貴様という人間は、とことんまで……」

　彼は蛙に背を向けて歩きだした。

「お、おい、待て、人間の勇者」

　蛙はぴょんぴょん跳ねて彼に追いすがった。

「貴様、私を封じもせず、どこへ行くつもりだ」

「どこだっていいだろ。おまえには関係ない」

「関係ないことなどあるものか。この醜い蛙の姿で地下深くて辛気臭い場所に放置される、私の身にもなってみろ」

「なんで僕が、この期に及んでおまえの身にならなきゃならないんだ。勝手なことをぬかすな」

「ええい、待てったら、人間の勇者、逃さぬぞ、おい……！」

　その亜大陸はベオゴルと呼ばれている。太古、沃野《よくや》だったというが、今となっては見る影もない。ベオゴルには砂と、いずれ風化して砂と化す石や岩しかないと、一般的には信じられている。

しかし、ベオゴルは死の砂漠ではない。詳しく探査すれば、この地に適応した動植物がいくつも見つかる。ベオゴルにも生態系というものがあるのだ。

彼は今回、生まれて初めて亜大陸ベオゴルに足を踏み入れた。そして、その事実を知るに至った。

とはいえ、日中は恐ろしい直射日光に炙《あぶ》られ、夜間は凍《い》てつくほどに冷えこむ。よほどのことがなければ降雨など望むべくもない。過酷にも程がある、残虐非道と罵りたくなるような環境だ。どれだけ頑健な人間でも、飲まず食わずでは三日と保《も》つまい。

「……十三日目か」

彼はひたすらベオゴルを歩きつづけていた。

「……狂気の沙汰だぞ、勇者よ」

外套《がいとう》の中から一匹の蛙《かえる》が声を発した。

彼は自分がまとっている外套の、蛙がひそんでいるだろう鎖骨のあたりに掌《てのひら》を叩《たた》きつけようとしたが、思いとどまった。

「……物は試しだから」

「……どうやら、貴様は真の不老不死を手に入れたようだな」

「……なんでおまえも無事なんだ？　蛙のくせに……」

「……私も訝《いぶか》しく思っているのだが、ひょっとしたら……いや、やめておこう」

「……ていうか、なんでついてきた……」

「……私は蛙だぞ。しがない蛙の身で……ひとり、あんなところにいられるものか……」

「……腹は減っているんだよな。喉も、渇いてる。暑い……寒さも、感じる。なんだか疲れたとか……そういう感覚だって、ないわけじゃない。それなのに……ぴんぴんしてる」

「……すばらしいではないか」

「……ひとごとだと思って」

「……ひとごとだからな」

「……そうか。そうだよな……」

彼は砂の上に腰を下ろし、被《かぶ》っていた外套の頭巾を撥《は》ねのけた。

陽光がおぞましいほどに眩《まぶ》しかった。

「……まあ、まだわからないよ。不老不死なんてさ。何なんだよ、不老不死って。そんなの、あってたまるか……」

その昔、天から水晶星《すいしょうせい》が落ちてきて大地が引き裂かれ、底知れぬ深い谷となった。

今、星の谷には誰も寄りつかない。

「ＯＯＯｏｏ……ＯＯＯｏｏｏ……ＯＯＯｏｏｏ……」

付近で朝となく夜となく大巨人の哭声《こくせい》が轟《とどろ》いているからだ。

そのすさまじい哭声の発生源こそが、星の谷なのだ。

「……なんとやかましい」

彼の外套《がいとう》にひそむ蛙《かえる》がおののいている。

地の底まで続いているとさえ言い伝えられていた星の谷は、今や谷ではなくなっていた。

見れば、何色ともつかない、うじゃうじゃ、むじゃらむじゃらとしたものが、千丈に亘《わた》り千尋に達する星の谷を、すっかり埋め尽くしている。

彼はかつて谷の縁だった場所で、うじゃうじゃ、むじゃらむじゃらしたものの一本を抱えこんで引っ張った。

「ディガノール、息災のようだな！　今、そこから出してやる！」

「な、何のつもりだ、貴様っ……」

外套の中で蛙が暴れている。

「ＯＯＯｏｏ……ＯＯＯｏｏｏ……ＯＯＯｏｏｏｏ……」

大巨人は哭《な》いている。

その哭声が大地を震わせ、揺るがす。

「ディガノール、いいか、ここから……ううん、さすがに引っぱり上げるのはちょっと厳しいか、だったら――」

　彼はうじゃうじゃ、むじゃらむじゃらしたものを手放すなり、地べたに片膝をついて掌《てのひら》を押しつけた。

「ゆ、勇者、貴様、何をしようと――こ、この力は……これはぁっ……」

　蛙は依然として暴れている。地面が小気味よく砕けはじめた。

「秘術か、勇者、ずっと思っていたが、何なのだ、貴様の秘術とは、いったいっ――」

「教えない」

　地表が割れ、地盤が覆されながら掻《か》き混《ま》ぜられた。岩は石となり、石は砂となって、土とともに本来の星の谷へと傾《なだ》れ落ちてゆく。彼の居場所など、とうに崩れ去っている。しかし、彼はその場にとどまっていた。彼は飛翔《ひしょう》することも、浮遊することもできる。すべて秘術だが、それがいかなる仕組みで、どのような働きをなすのか、彼はこれまで一度として、何者にも語ったことがない。

「体系づけたり、理論化したり、名前をつけて分類したりしたら、たとえ肝心要《かんじんかなめ》の神髄を秘密にしても、いつか絶対、解き明かされる。どこかの誰かが、私利私欲のために使おうとするかもしれない――」

「えっ、何？　何だって、勇者？　よく聞こえないっ……」

「どうせ聞こえやしないから言ってるんだよ」

大地は崩れ落ち、星の谷を埋め尽くしていたもの、うじゃうじゃ、むじゃらむじゃらとしたものが、せり上がってこようとしている。這《は》い上《あ》がろうとしている、と言うべきだろう。それは星の谷に隙間なく挟まっていた。千丈千尋の谷は、その巨躯《きょく》を捕らえる天然の牢獄《ろうごく》だった。

終わりなき成長を宿命づけられたディガノール、巨人族の突然変異体は、無限の食欲を抑制する術《すべ》を持たず、親兄弟、親類、同族、ことごとく喰《く》らった。何もかも手当たり次第に貪り食い、ここまで大きく育ったのだ。

食べることは、ディガノールにとって喜びではなかった。それは逃れられない衝動であり、苦しみでしかなかった。苦しみから逃れるためには食べるしかなく、食べれば食べるだけディガノールの苦しみは続いた。ただ続いたのではない。ディガノールは食べたぶん大きくなり、苦しみもまた、それに見あう大きさとなった。

だから、ディガノールは哭《な》いていた。食べはじめたときから、哭き止《や》んだことはない。一瞬たりともだ。ディガノールは自分自身の手で物を掴《つか》み、口へと運んで食べることができるようになってから、眠ることすらせずに食べつづけた。眠らなかったのではない。食欲がディガノールを眠らせなかった。

「ＯＯｏｏＯＯｏｏｏ……ＯＯｏｏＯＯＯｏｏＯｏ……ＯｏＯＯｏｏＯＯＯｏ……」

天を衝《つ》くばかりの、何色ともつかない、うじゃうじゃ、むじゃらむじゃらしたものの集合体、ディガノールは、人間の勇者によって星の谷に閉じこめられてからも、哭きつづけていた。食べられなくなり、ディガノールはやはり大いに苦しんだことだろう。

地上最後の巨人族は、餓《う》え渇いて干からびるかとも思われた。人間の勇者は、世にも哀れな哭き声を聞きながら、何度となく様子をうかがったものだった。それは、ディガノールを星の谷の牢獄に幽閉した者としての、せめてもの責務だった。もしディガノールが脱獄を図ったら阻止しなければならない、という事情もあった。

ところが、ディガノールは想像を超える驚異的な生物だった。何も食べずに生きつづけたし、痩せることすらなく、ひたすら哭いた。哭きつづけた。

ディガノールの天辺《てっぺん》は、今、人間の勇者の遥《はる》か上にある。

「OOOooOOoooOoOOoo……OOoooOOOooOoOOooo……OoOOooOOOoOOoooOoOOOOoooOOOooOoOoOOOoo……」

その哭き声は地の果てまで届いていることだろう。うじゃうじゃ、むじゃらむじゃらしたものは、ディガノールの全身を覆う体毛だった。彼は毛むくじゃらの哀れな大巨人をただ見上げていた。

「やれ。ディガノール。僕を潰してしまえ。あのとき、きみを殺せなかった。その苦しみから解き放ってやれなかった。僕を殺せ。きみにはその権利がある」

「ちょっ、おい、勇者、何をっ、貴様、何を言って――」

「勝手についてくるからだ、アルダモート」

ディガノールが、うじゃうじゃ、むじゃらむじゃらしたものが、彼に向かって倒れかかってくる。

その瞬間、五感が閉ざされた。ディガノールが彼を押し潰したのだ。彼は何も見えなくなった。何も聞こえない。何も、何一つ、感じない。

彼は押し潰されている。どのような状態なのか。わからない。何の手がかりもないので、推し測ることさえできない。

「……苦しい」

何も聞こえな――くない。

聞こえた。

アルダモートの声だろうか。

「……てことは僕、生きてる?」

「どうも、そのようだな。具体的にどうなっているのかは、私にもさっぱりだが」

「これでも死なないのか……」

「不老不死なのだろう?」

「……そんな馬鹿な話があるか。死なない……死ねないなんて……」

「貴様、まさか――西の王とやらを討ったあと、死ぬつもりだったのか……？」

「ＯＯＯｏｏＯＯｏｏｏＯｏＯＯｏｏ……ＯＯｏｏｏＯＯＯｏｏＯｏＯＯｏｏｏ……ＯｏＯＯｏｏＯＯＯｏＯＯｏｏｏＯｏＯＯＯＯｏｏｏＯＯＯｏｏＯｏＯｏＯＯＯｏｏ……」

「あぁ……哭《な》いてる。ディガノール……」

「どうするのだ」

「試してみる」

「何？」

　彼は秘術について語らない。何者にも明かすつもりはない。むろん、彼は秘術の仕組み、構造を把握している。しかしながら、そのすべてを言語化することはあえてしない。彼はただ必要に応じて秘術を使うのみだ。

「あのときはできなかった。今ならできるかもしれない」

「何ができるというのだ、勇者」

「すぐわかる――」

　彼が目を開けると、そこは土の斜面だった。なだらかではないが、こうして足を下に向けて横たわっていても、ずり落ちることはない程度の傾斜だ。遠い空は青かった。彼は身を起こした。

外套《がいとう》の襟から黄緑色の蛙《かえる》が顔を出した。

「……むっ」

彼は先んじてそれを目にしていたが、蛙も見つけたようだ。

それは毛むくじゃらというより、毛玉のようだった。彼から少し離れたところ、斜面をいくらか下ったところに丸まっている。大きさは、せいぜい彼の半分くらいだろう。

「ディガノール」

彼が呼びかけると、毛玉がうごめいた。向きを変えた。

「……oO?」

「うまくいったみたいだ」

「なっ――」

蛙が彼の頬《ほお》を伝って頭の上に登った。

「……あれが、あの？　巨人だというのか？　巨人……というか、巨人と呼べるようなものでもなかったが。人間よりも小さいではないか……」

「Oo……」

毛玉は震えだした。

あとずさる。

「あっ」

危ない、と彼が思ったときにはもう、毛玉は転がりはじめた。そこまで急な坂ではないといっても、障害物がない。硬い岩盤は残らず砕け散り、砂や土となっている。いったん転がりだすと、そう簡単には止まらないだろう。

「……まあ、曲がりなりにも巨人族なら、あの程度で死ぬことはなかろう」

彼の頭上で蛙が言った。その点については彼も同感だった。ディガノールに食い尽くされるまで、巨人族はもっとも強靱《きょうじん》な種族として名高かったのだ。

「もう食べ過ぎないといいけどな……」

3話　神のみぞ知るとは

シャルランツェヴェルヒ。

世界最高峰。

大陸でもっとも高い山だ。

人びとが救世の勇者と呼んだ男はその山頂に立って、限界まで澄みきり、冷えきった苛烈な風に外套《がいとう》をなびかせ、突き刺すような日光を浴びていた。

「……おい、勇者」

外套の中で、一匹の蛙《かえる》がもぞもぞと身をよじった。

「何だ、蛙」

「蛙呼ばわりするな」

「だって、今のおまえはかわいらしい蛙じゃないか」

「か、かわいらしい……だと。いいや、そんなことはどうでもいい」

「何だよ」

「寒い。とてつもなく寒いぞ。凍えてしまわないのが不思議なほどだ。貴様にこうしてひっついていなければ、とうに冷凍蛙になっている……」

「そうだな。僕も寒い。というか、痛い。寒すぎて。こんなに痛いのに、死なない。死なない体だから痛いのかな。死ぬ体だったら、この痛さには耐えられないだろ。死ねたら、もう死んでるだろうな。理不尽だ……」

「死なないのはもう理解しただろう。いいかげん、受《う》け容《い》れたらどうなのだ」

「そんな簡単に受け容れられるか」

彼は極限の冷気を肺一杯に吸いこむと、最大限に声を張り上げた。

「天使……！　出てこい……！　話がある……！」

神は天上にいるという。

その使いも天上で神に侍《はべ》ったり、うろちょろしたり、休んだりしているのだろう。

シャルランツェヴェルヒは世界最高峰なのだ。すなわち、その山頂であるここは、天上にもっとも近い場所のはずだ。

「だるいんですけど。地上に呼びつけるとか。何ですか」

後ろから声がした。

振り返ると、袖のない純白の衣しか着ていない十二、三歳とおぼしき少女が立っていた。

頭の上に仄《ほの》かに光る輪が浮かんでおり、背には白金の翼が生えている。

細くまっすぐな頭髪も白金の光沢を帯び、瞳は金色だ。

「あぁ、さむさむっ……」

少女は両腕を交差させて首をすくめ、右手で左の上腕、左手で右の上腕をさすった。

「来たな、天使」

「そっちが呼んだんじゃないですか。来たな、じゃないですよ、もう」

「単刀直入に言う。僕を神のところに連れていってくれ」

「は？　アホなんですか？　アホですよね。言うに事欠いて神のところに連れてけ？　何をぬかしとんねんアホダラって話ですよ」

「天使。悪いけど、きみは拒絶できない」

「きょっ――……」

天使は姿を消そうとしたのかもしれない。神の使いである彼女には、どうやらそうした能力が備わっている。

しかし、今の天使にはそれができない。天使はあとずさろうとする。けれども、足を後方に移動させることすら、天使にはできない。

「な、何……？　何なんです？　何かしてますよね、何をしてるんですか？　こんないたいけなかわいらしい女の子に、何かとってもひどいことを……」

「教えない」

「ひ、秘術ってやつですか。あなた、西の王もその変な術的なもので討ち果たしやがったんですよね。何なんですか、その秘術って。意味不明なんですよ、たかが人間のくせにっ。だいたい、天使に秘術を使うなんて、罰当たりにも程があるし、神をも恐れぬ所業とはこのことで……」

「たしかに恐れてはいない。神のところに連れていけ」

「そ、そんなことをしたら、わたし……」

「きみはまだしゃべれる。次はそれもできなくする」

「そっ――……」

「もうしゃべれない。きみがどういう存在かはだいたいわかった。ということは、僕の秘術できみをどうにでもできる」

「……」

「神の居場所は僕にもわからない。捜しだすことは不可能じゃないだろう。何せ、不老不死になってしまったから、時間はいくらでもある。自力で神を探しあててもいい。でも、きみが連れていってくれれば手間が省ける。わかるかい、天使」

「………」

「時間の問題なんだ。どのみち僕は神のもとに辿《たど》りつく。神も馬鹿じゃないだろうから、その程度のことは理解しているに違いない。不老不死にされてしまった僕を妨げるのは、事実上、不可能だ」

「…………」

「しゃべれるようにしてやる。いい返事を聞かせてくれ。頼むよ、天使。きみをむやみに苦しめたくはない」

「……っっ――」

天使は両頰《ほお》をぱんぱんに膨らませて涙ぐんだ。

「ひっどい……わたしはただ、仕事をしただけなのにっ」

「そうだな。返事を」

「あぁ、はいはい、わかったわかったわかりました。連れてけばいいんでしょう、連れてけば。どうなっても知りませんからね。後悔先に立たずなんですから!」

「もとより、後悔だらけの人生だ」

彼は右手を差し出した。天使の華奢《きやしや》な左手が彼の右手を握った。

途端に彼と天使は上昇しはじめた。浮上ではない。飛ぶというのとも違う。彼は秘術を使っていないし、天使も背中の翼を羽ばたかせていない。

「……うぅ――おっ……なっ、何なのだ、この感覚は……!」

外套《がいとう》の中で蛙《かえる》が身悶《みもだ》えている。

「天上、か――」

彼と天使はたしかに上方向へ移動している。しかし、風圧のようなものは感じない。下を見ても大地がない。ここは空ではない。色とりどりの光が入り乱れている。それでいて、眩《まぶ》しくはない。光のようで、光ではないのかもしれない。ここには温度がない。寒くも熱くもない。

彼と天使が上方向へ移動しているのではなく、何らかの力が彼と天使を引き上げているのだろう。この入り乱れる多彩な光のようなものが、その力なのかもしれない。

遥《はる》か上方に白点がある。白点は見る間に大きくなっていった。もう点などではない。白い。

「出口――」

真っ白な空間に出た。

彼がそう感じたのも束《つか》の間《ま》だった。一瞬前まで何もかもが白かったはずなのに、違う。

そこは昼でもあり、夜でもある。

光あるところには虹がかかり、闇には極光が現れている。

山河があり、湖がある。

空ではなく地上を雲が這《は》っている。

太陽はなく、星もない。しかし、あちこちに球体が浮かんでいる。

そのうちの一つくらいは月のようでもあるが、どの球体も誰もが目にしたことがあるだろう月とはやはり似ていない。

彼と天使は小さな島の上にたたずんでいる。

白砂の小島を囲む穏やかな海は、次第に陸地と入り混じりながら、果てなく続く。

「あぅ……」

天使は彼の手を振りほどくと、右往左往しはじめた。

「どうしてこんな島に。神がましますます天宮に帰ってくるつもりだったのに……」

「神の仕業だろ」

彼は球体が散らばる空を振り仰いだ。

「これが天上か」

「……むむ」

外套《がいとう》の襟から蛙《かえる》が這《は》い出《だ》してきた。

「よもや神の領域に足を踏み入れることになるとは、思いもよらなんだ。長生きはするものだな。いや、私はとうに死んだ身ではあるが……」

「あぁ……！」

天使は両手で髪の毛を引っかきまわした。

「怒られる！　絶対、神に怒られるやつだって、これ！　怒られるくらいじゃすまないですって、前代未聞なんですから、こんなの！」

「おっ」

蛙が目をぎょろつかせて喉をぷるっと震わせた。

「何か飛んでくるぞ。気をつけろ、勇者。気をつけてどうにかなるものなのか、定かではないが」

彼は先ほどから空に目をやっていたので、当然、気づいていた。それらは最初、ごくごく小さな点でしかなかったが、徐々に大きくなり、やがて姿形が目視できるようになった。翼を羽ばたかせている。しかし、鳥ではない。腕が二本、脚も二本ある。端的に言えば、背中に羽を生やした人間だ。白い衣を着て、頭上に光る輪が浮いている。

ちょうど、彼の近くでうろうろしながらぎゃあぎゃあ喚《わめ》いている天使と同じような、というか、少なくとも遠目には同一人物にしか見えない。

天使だから、人物ではないか。

同一天使だ。

天使たちが飛来し、孤島を取り囲んだ。降りてはこない。翼をゆったりと動かしながら、空中にとどまっている。

「わぁっ」

孤島の天使が天使たちを見て泣きだした。

「ひえぇぇん。来ちゃってるしぃ。お姉さまがたがぁ。やばいぃぃ。もうやばすぎぃぃ」

涙は出ていない。泣き真似《まね》だ。

「見分けがつかんな……」

蛙《かえる》が呟《つぶや》いた。

「何人いるんだ？」

彼が尋ねると、嘘泣《うそな》き天使は砂を蹴りつけた。

「知るもんですかっ。たっくさんいますよ。数えきれないっていうか、いちいち数えてないです。みんな同じ顔してるし、数えようにも数えられないんですから」

「分身か」

「何ですって？」

「きみらは神の分身なんだな」

「……わたしたち天使が？　神の……分身？　そう……なんですか？」

嘘泣き天使だけではない。上空の天使たちもそれぞれ戸惑いの色を見せている。

その中で、たった一人、平然としている天使がいた。

ほとんど真上から彼を見下ろしている天使だ。

彼はその天使を指さした。

「きみか」

「えっ……」

嘘泣き天使以下、天使たちが一斉に声を漏らして、その天使を注視した。

その天使はうっすらと笑みを浮かべた。

「総員、持ち場に戻ってよい」

嘘泣き天使と変わらない声質なのにもかかわらず、明らかにそれは恐るべき声だった。問答無用で他者を従わせる威力があった。彼でさえ、数年前なら、大慌てで言われたとおり持ち場に戻ろうとしたかもしれない。この天上に持ち場などあるはずもないのに、必死でそれを探そうとしただろう。今の彼だからこそ、その声にあらがうことができたのだ。

天使たちは飛び去った。

嘘泣き天使は凍《い》てついたように立ちつくしている。

あの天使だけがゆるやかに舞い降りてきて、彼の目の前に着地した。

彼女はもう天使ではなかった。翼も、光る輪も、跡形もなく消失している。

「よく来たな、人間の勇者よ」

「その呼び方はやめにしないか、神」

「何と呼べばよいのだ。本名か」

「好きにしてくれ」

「では、パルパネル」

「ああ」

「……貴様、そんな名だったのか」

蛙《かえる》が呻《うめ》くように呟《つぶや》いた。彼は答えなかった。神があどけない少女のように微笑した。

「パルパという村に生まれ、ネルと名づけられた。あの少年が、こんなにも早く、我がもとにまでやってくるとは」

「何だ？　神は昔から貴様を知っていたのか……？」

「霊王アルダモート」

神はまだ笑っている。

「絶望と悲しみから呪いを生み、呪いそのものとなって、ついにはパルパネルの秘術で蛙に変えられた哀れな乙女。おまえのことも知っているよ」

「……まあ、不思議ではないか。神なのであれば」

「そうだな」

彼はしゃがみこみたくなった。

神は神ゆえに、彼がここに来ることまで見通していた。それどころか、彼をここに呼び寄せたのは神なのかもしれないのだ。彼自身が望んだことだと彼は思っているが、実際はそうではない。彼はただ神の御心《みこころ》に添い、神に操られているだけなのかもしれない。

「僕は不老不死になんかなりたくない。きみのために何かしたわけじゃないし、褒美なんていらない。撤回してくれ」

「パルパネルよ。わたしのために何かしたから、おまえに褒美をとらせたわけではない」

「だろうな」

「ほう？」

「おかしいと思ってたんだ。人が何かして神からご褒美をもらったなんて話、聞いたことがない」

「おまえが知らないだけかもしれぬぞ」

「じゃあ、教えてくれ。今まで誰かに褒美をあげたことは？」

「わたしに問いかけ、答えを求めるのならば、おまえはそれにふさわしいものでなければならない」

「不老不死なんていらない。代わりにその答えをくれ」

「わたしは一度与えたものを取り返すことはしない。取り返すくらいなら、最初から与えたりはしないよ」

「最初から、そのつもりだった。――つまり、そういうことなんだな」

「どういうことだ？」

蛙が彼に囁《ささや》いた。

「貴様は西の王を倒した。それで神が動いた。そうではないのか？　神は貴様を不老不死にする気だった……？」

「僕じゃなくて、本人に訊《き》いたらどうだ。本人、じゃないか……」

「神だからな。どうせ尋ねても答えまい。私はそれにふさわしいものではなかろうさ」

「蛙《かえる》だし」

「……この形《なり》は貴様のせいだぞ」

「身から出た錆《さび》じゃないか」

「わたしを差し置いて、ずいぶん楽しげだ」

少女の相貌にたたえられた微笑は、いまだ失われていない。

「パルパネル。答えが欲しければ、自ら見いだすがいい。おまえは常にそうしてきたではないか」

「きみが――」

彼は神よりも自分自身に問いかけるように言った。

「そうしてきたように？」

「むろんわたしは、問いがあれば自ら答えを見つける」

「どんな問いだろうと。それがとんでもない難問なら、途方もなく長い時間をかけて答えを探し求めることだってあっただろう。きみは……不老不死か」

「相手は神だぞ？」

蛙がせせら笑う。

「当然、不老不死に決まっている。貴様と同じ――貴様と、同じ……？」

「初めから不老不死だったのか。それとも、誰かの手で？」

「……貴様のように？　いや、あるいは、自分自身で道なき道を切り開き、ついに至ったのかもしれんが……」

「気になっていた」

　彼は空の球体を指し示した。

「僕らの住む世界は球状をなしている。虚空に浮かぶ球体なんだ。そういう説があるし、僕もそれは当たっているか、少なくとも、いいところを衝《つ》いていると思う。この天上に浮かぶ、あれは——何だ？　あれも、世界か？　一つじゃない。いくつもある。もしかして、きみが……つくったのか？」

「パルパネル」

「何だ」

「おまえは想像以上だ。ほんの少しだけど」

「嬉《うれ》しくないよ」

「そう。私は嬉しい」

　神は顎の前あたりで両手をあわせた。もはや微笑ではない。完全に相好を崩している。

　その瞬間、彼は落下を予感した。

「一つだけ教えてくれ」

まだ落ちてはいない。だが、間もなく落下する。

「僕が生まれた世界をつくったのも、きみなのか」

「教えない」


想定とは違った。

落下というよりも、それは断絶だった。

すべてが途切れた。

まばたきをするよりも短い間、彼は虚無に囚《とら》われていたように思う。

何事もなかったかのようだった。

シャルランツェヴェルヒ。

世界最高峰。

大陸でもっとも高い山の上に、彼は立っている。

限界まで澄みきり、冷えきった苛烈な風が外套《がいとう》をなびかせ、突き刺すような日光が彼の目を灼《や》いた。

「……パルパネル」

蛙《かえる》は彼の名を呼んでから、外套の中にもぐりこんだ。

「何だったのだ、今のは。幻ではあるまい。我々は……神と会ったのか？」

「あれのことは忘れろ」

「神のことを言っているのか」

「考えてもしょうがない。所詮、手の届くような存在じゃないからな」

「貴様でも、か」

「ああ」

今はまだ、とはあえて口にしなかった。

「──それは、思《おも》う壺《つぼ》だ」

「さむさむさむっ……！」

後ろで何者かが叫んだ。

振り向くと、袖なしの白い衣しか身につけていない、せいぜい十二、三歳の少女が、両腕で自らの体を抱きしめ、震え上がっていた。

「寒いんですけど！　味わったことない寒さなんですけど、ていうか、これが寒いってことなんですね、寒すぎなんですよ、怖い、寒くて怖い！　死ぬ！　死んじゃう……！」

「え。天使……？」

「え、じゃないですよ！　え、じゃ……え？　えっ！　なんで？　わたし、どうしてここにいるんですか、なんでまたここに戻ってきちゃったんですか、え……？」

「見ろ、パルパネル」

蛙《かえる》にうながされるまでもない。彼も天使に訪れた変化を見てとっていた。

以前、天使の輪は仄《ほの》かな光を放っていた。強く輝いていたわけではないが、現在のように明滅してはいなかった。

背に負う白金の翼も、いくぶん色褪《いろあ》せたように見える。というか、艶《つや》がなくなった。白金とは形容しがたい。白いだけの翼だ。

「あっ……」

天使の輪が、消えた。

天使も何か感じたのか、自分の頭の上あたりを手で探った。

「えっ？」

「……え？」

消えた、わけではないのか。天使の輪はまだある。ただし、光を放っていない。透明だ。透きとおった輪形の管でしかない。

「え？　何？　ど、どうかしたんですか？　わたしの輪っか、何か変ですか……？」

「まあ。変っていうかな……」

「ええ？　変っていうか、何なんですか？　どうなっちゃってるんですか？　あることはありますよね？　でも、なんか……」

「光っていないぞ」

蛙が言った。

「ただの輪っかに成り果てた」

「……えぇぇ？　それ――って……どういう……？　ちょっ……と、わたし、き、訊《き》いてきますね、その、一回、天上に戻って――」

天使は胸の前で両手を組みあわせて目をつぶり、祈りを捧《ささ》げるような姿勢になった。

「……あれ？　おっかしいな。あれれ？　また秘術とか使ったりしてません……？」

「してない」

彼にはそうとしか言いようがなかった。天使は目を開け、上目遣いで彼を見た。

「嘘《うそ》……ですよね？　嘘でしょ？　嘘をついてますよね……？」

「いいや。嘘なんかついてない」

「じゃ、わたし――」

天使はがっくりと肩を落とした。そればかりか、くずおれて山頂に膝をついた。

「なんで、帰れないの……？」

intermission

Part4

生きてるって何だろう

Palpanel has become immortal and
has all the time in the world, so he decides to
build a house on a secluded piece of land.
The frog is completely at
home in the parpanel's cloak.
And The angel is shocked at being banished
from the heaven.

Part5

きみがいた

First, Palpanel trys to build a simple shed
as a practice. The frog is disgusted
by Palpanel's overworking. And The angel is
getting more and more brazen.
Maybe she doesn't know what silence is.

Aldamort | hero
the legendary evil | of salvation
the Ghost king | all time

4話　生きてるって何だろう

何をしようというあてもない。

さりとて、何もしないというわけにもいかない。

わけにもいかない、ということもないのかもしれないが、無為に過ごすことが彼には難しかった。生まれてこの方、ぼんやりしていたことが一瞬たりともない。

世界最高峰のシャルランツェヴェルヒから下山すると、彼は人里離れた山間《やまあい》の土地まで歩いた。秘術で飛んでゆくこともできたが、急ぐ理由が彼にはなかった。

「……ものっすごく疲れたんですけどぉ……足が棒を通り越して、とっくのとうに全身が棒なんですけどぉ……棒っていうか、板っていうかぁ……」

頭の上に浮かぶ輪が光っていない天使が何かぶつくさ言っている。

彼は無視した。

「このへんでいいかな」

外套《がいとう》の襟から黄緑色の蛙《かえる》が顔を出し、あたりを見回した。

「こんな辺鄙《へんぴ》な場所で、いったい何をするつもりだ?」

「家でも建ててみようかなと思って」

「家だと？　なんでまた」

「一度も建てたことがないんだ、考えてみたら」

「大工仕事の経験がないということか」

「そう。掘っ立て小屋さえ自分で建てたことがない」

「私もないが。家というか、神殿を建てさせたことはあるがな」

「設計とかした？」

「いいや。規模はこのくらい、このような感じでと指示しただけだ」

「疲れた疲れた疲れた疲れた！　疲れたよぉぉ……」

　天使が地べたに寝転んで何か喚《わめ》いている。

　彼は無視した。

「砦《とりで》みたいな、ちょっとした城みたいな屋敷をもらって住んだりもしたけど、とくにいいとも悪いとも思わなかった。でも、子供の頃に住んでいた小さな家のことはたまに思いだす。もしかしたら、意外とああいう家は落ちつくのかもしれない」

　蛙は彼の右肩の上に移動した。

「経験もないくせに、何も自分で建てることはなかろう」

「たしかに、経験も知識もない。僕の場合、そういうことって、あまりないんだよ」

「総じて何でもかんでもできてしまうとでも言わんばかりの口ぶりだな」

「少なくとも、家を建てたことはない。いろいろ考えたんだけど、できないことっておもしろいだろ」

「……つぅーかぁーれぇーたぁー……疲れたぁ……疲れたよぉぉぉ……ばかぁぁ……」

「あれは放っておいていいのか？」

蛙《かえる》の言う「あれ」が何を指しているのか、もちろん彼は了解していたが、蛙の問いごとやはり無視した。

「死ねないなら、とりあえず生きるしかない。かといって、黙って息だけしているのは苦痛だ。正直、今の時点では、家を建てるのに何をどうすればいいのかさえ、見当がついていない。こういうのは本当に久しぶりだ」

「貴様の考えることは、どうもわからんな」

「蛙に理解なんて求めてない」

「蛙呼ばわりするな」

「だって、蛙じゃないか」

「この屈辱、いかに晴らすべきか。だが、貴様はどうやっても殺せん……」

「疲れたよぉぉぉ。ていうか、かまってぇ。かまって。かまって。かまえってば。かまえよ、この人でなしぃ。何が救世の勇者だよ、クズぅ……」

天使は地面で仰向《あおむ》けになったまま、手足をじたばたさせている。彼は無視した。

「さて、何から手をつけようか――」


手始めに木を伐《き》ってみた。ありふれた長剣でも、木くらい伐り倒せる。しかし、数本、伐採したところで、つい秘術を使ってしまっていることに気づいた。

秘術を使わずに長剣で木を伐るとなると、実際試してみたが、腕ほどの太さの樹木でも厳しかった。これは斧《おの》が必要だろう。他にも、のこぎり、鑿《のみ》、槌《つち》といった道具はあったほうがよさそうだ。

道具まで一から作るべきなのか。となると、鍛冶仕事に手を付けることになる。その前に、鉱石を掘り出して鉄を精錬しなければならない。掘る道具もいる。それから、精錬のための炉も。彼は炉の原理や構造を知っている。その気になれば造れそうだ。精錬の過程では木炭を消費する。木炭についても十分に理解しているから、なんとかなるだろう。

いや、知らないことをやろうというのが、この試みの肝《きも》なのだ。家を建てるつもりで始めたので、とにかく家を建てたい。家を建てることに集中するべきだ。

道具は人里で調達することにした。市が立っているような街までは、かなり遠い。秘術で飛んでしまえばすぐだが、歩くことにした。家は建てたいが、急いではいない。

彼が目星をつけた建設予定地は、大天蓋と呼ばれる巨大山脈の麓に位置している。大天蓋は、大陸の中部、一般的には、中原、と称される地域の西に広がっていて、その西側は人類にとって敵地である西方だ。あの西の王の軍勢も、大天蓋を越えることはできなかった。古くから大天蓋に住む民族も、高山帯には立ち入らない。

彼はライマールという国が領するカランドールの街に足を踏み入れた。このあたりは西の王の軍勢に攻めこまれたことがない。前線から遠く離れているので、とくに荒れた様子もなかった。むしろ、想像以上に人の出入りが多く、どの通りも賑《にぎ》わっていた。

「案外、貴様が西の王とやらを討ったおかげで、活気づいているのかもしれんぞ」

蛙《かえる》は外套《がいとう》の中から出てこない。彼は外套の頭巾を目深に被《かぶ》っている。そうでなくても人目を引く容姿ではない。出で立《いた》ちも平凡だが、蛙連れとなると、さすがに奇異に思われるだろう。蛙が隠れていてくれるのはありがたい。

「どうかな。まあ、僕には関係ない」

「貴様がしでかしたことだろう。世に与えた影響にまるで興味がないのか」

「ない」

「にわかには信じがたいな」

「いいんだ。そういうのはもう。勘弁して欲しい」

「ならば、そもそも手を下さねばよかったではないか」

「……うるさいな。蛙め」

彼は足を止めた。後ろのほうが何やら騒々しい。つい振り向いてしまった。

人だかりができている。通行人たちが何かを囲んでいるようだ。彼は無視したかった。

一度は前に向き直って無視しようとしたのだ。

「……くそ」

結局、引き返してしまった。

人だかりをかき分けて進むと、通りのど真ん中で天使がうつ伏せになっている。袖なしの白い衣しか着ていない。それはまあともかくとして、背中に羽を生やした少女が路上で寝ている。しかも、顔面を地面に押しつけ、ぴくりともしないのだから、人垣ができないわけがない。ちなみに、頭の上の輪は発光しておらず透明なので、そんなものがあると知っていないと、普通は見逃してしまうだろう。

「何してるんだよ……」

彼が呟《つぶや》くと、天使の羽がぴくぴくっと震えた。

人垣から、おっ、とか、ひぇっ、といった声が上がった。

「放っておいていいのか？」

外套の中で蛙が言った。

「いや、放っておくつもりなら、そのまま通りすぎるべきだった。あれは貴様が地上に堕《お》としたようなものだしな。とりあえず、なんとかしてやったらどうだ」

「羽くらいしまえないのか」

彼は舌打ちをして外套《がいとう》を脱いだ。天使を抱き起こし、素早く外套でくるむ。人垣が大騒ぎしても頓着しなかった。少し前までうんざりするほど英雄扱いされていたから、注目を浴びるのも、騒がれるのも、人一倍慣れている。

「最初からそうしてればよかったんですよ、ばぁーか……」

天使が何か言っている。腹立たしいが、まずはこの場を離れることだ。彼は天使を横抱きにして駆けた。いっそのこと飛びたかったが、ぐっとこらえて走るしかない。

「意外と重いな……」

「なんてこと言うんですか。こんなかわいい女の子に向かって。信じらんない。心遣いとかないんですか。アホなの？」

「だから、なんでそんなに口が悪いんだよ」

「他人っていうのはね、自分自身を映す鏡なんです。わたしの口が悪いと感じるなら、それはあなたの口が悪いんですよ。きっと性格に問題ありです。性悪なんじゃないですか」

「どっちが……」

ひとけのない路地で天使を下ろし、ほとぼりが冷めるのを待ってから、カランドールの市へ向かった。

念のため、あまり素顔をさらしていたくはない。彼の外套は天使が着ているので、自分用に別のものを調達してから、いよいよ家を建てるための道具を買い揃《かそろ》えることにした。

「いいんですけどぉ。べっつにぃ。文句を言うわけじゃないですけどぉ。なんかのこぎりとかそういうのじゃなくて、どうせならもっと気分が上がるものを見て回りたいなぁ。せっかく地上にいるんだしぃ」

天使は性懲りもなくやかましいが、彼は無視して必要な買い物に注力した。

カランドールの市は、鍛冶屋や各種細工職人の工房が軒を連ねる通りと、その通りを抜けた先の広場にひしめく露店や屋台によって構成されていた。広場の出店は常設ではないようだが、彼が訪れた日は運よく店がたくさん出ていた。

「そういえば地上では食事をするじゃないですか。わたし、飲食したことがないんですよね。だいたい食欲っていうものを感じたことがないんですけど。というか、勇者よ」

「……その呼び方はよしてくれ、天使。誰が聞いていないとも限らない」

「あぁ。有名人特有の？　自意識過剰？　顔指されたら困る的な？」

「どう思ってくれてもいいから、やめてくれ。ただでさえ……」

「うむ？　ただでさえ、どうしたのだ？」

いつの間にか蛙《かえる》が新しく買った外套《がいとう》の襟から顔を出している。引っこんでいろ、と言いたくなったが、とりたてて視線を感じるわけでもない。蛙は小さいし、ひょっこり顔を出しているくらいなら、そう目立たないようだ。

「いや、なんでもない。とにかく、僕のことは名前で呼んでくれ。そのほうが今となっては不都合が生じづらい」

「ふむ」

蛙が生意気に鼻を鳴らした。

「パルパネル、だったか」

「パルちん？」

天使は何のつもりか、自分の腕を彼の腕に絡めて寄りかかってきた。

「ネルちんのほうがいいですかね？　ネルきゅん？　ネルネル？」

「……離れろ。あと、普通に呼べ」

「どうしてですか？　いいじゃないですか。親しみをこめて、愛称的に縮めたり重ねたり交わらせたりするのは、地上だとわりあいポピュラーな慣習ですよね？　ネルネル？」

「何かいやだ。気色が悪い」

「ネルネルが気色悪いからって、わたしが遠慮してやめると思います？　まだわたしのこと、ちっともわかってないんですね？」

「ちっともわかってないよ。わかろうとしてないし、わかりたくもない」

「傷つくわぁ。そんな言い方されると。ネルネル、ちょっと図に乗ってません？」

「乗ってない」

「乗ってますって。絶対、乗りまくってますよ。図に乗ってなかったら、こんなかわいい女の子をそんなふうに扱わないですって。少しモテまくってきたからって」

「買い物が進まない……」

「そうだ。のこぎりとか買ってないで、何か食べません？　というか、そうそう、それを言おうとしてたんだった。ネルネル、人間なのに、てんで飲食しないじゃないですか」

「飲まず食わずでも死ぬわけじゃないからな。死ねないし……」

「あれですか？　接待とかで美食を極めてきたし、今さらそのへんの庶民が腹を満たすために貪り食うような臭い飯なんぞ食ってられっかぁ、みたいなことです？」

「誰もそんなことは言ってないし、思ってもないよ」

「じゃ、何か食べましょうよぉ。わたし、何も食べたことないんですよぉ。実を言うと、わたしたちには飲食禁止っていう規則があってですね。規則っていうか掟《おきて》っていうか。べつに食べたいと思わなかったので、まあよかったんですけど、もう掟もへったくれもないし、食べてみたいんですよぉ」

「……適当に何か食わせてやれ、パルパネル。うるさくてかなわん」

「なんで蛙《かえる》まで……」

「蛙さぁん。蛙さんが味方してくれるなんて！」

「私は蛙じゃない！」

「え？　どう見ても蛙じゃん。あっ。蛙って食べられるんですかね？」

「まさか、私を食う気か⁉」

蛙と言いあっている隙を突いて、天使に絡めとられている腕を抜こうとした。ところが、予想に反して天使は油断しておらず、彼の腕を放そうとしなかった。むろん、力ずくで振りほどくことも、秘術でどうにかすることも、可能ではある。しかし、天使が一暴れするかもしれない。確実にする。彼はなるべく人びとの耳目を集めたくない。天使はそれを見すかして騒ぎたてようとするだろう。

「何が天使だ。祟《たた》られてるようなものじゃないか。むしろ、怨霊のたぐいだ……」

5話　きみがいた

道具を買い込んで建設予定地に戻り、いよいよ家を建てるにあたって、彼はまず簡素な小屋を試作することにした。

木々で骨組みを形づくり、枯れ枝、枯れ草で屋根を葺《ふ》き、壁は土を塗り固めて仕上げた。

丸一日かからずそれらしいものができたので、悪い予感がした。もしやこれは思っていたよりも簡単なのではないか。

「ネルネル、この小屋、どうするんです？」

天使は依然として彼の周りをうろちょろしている。

「どうもしないよ。感覚を掴《つか》むっていうか、その土台を固めるために、ざっと作ってみただけだし」

「じゃ、わたしにくださいな」

「いいけど、べつに。いらないから」

「わーい。おうち、おうち。あとで返せって言ってもだめですからね」

「言わないよ」

「とりあえず、もっといいおうちができるまで、ここに住んであげます。でもわたし、自分のおうちを持つの、初めて。天上ではお姉さまがたと雑魚寝でしたからね」

「そうだったんだ……」

「ていうかまあ、眠ってたわけでもなくて、活動停止みたいな。スイッチ入らないと動かないみたいな状態ですかね。自分でスイッチ入れられるわけでもないので。ネルネルはあの御方《おかた》の分身だとか言ってましたけど、そんなたいそうなものなんですかね、わたしたち。なんにせよ、天上での生活って、今から思えばクソつまんなかったなぁ」

天使は小屋に入ると、中で寝そべった。床はない。地面だ。広さも天使一人が横になって手足を伸ばせる程度しかない。

「これがおうちかぁ。うん。悪くないですね。意外と落ちつく」

それでも天使は満足しているようだ。彼は家づくりの第二段階に入った。


次に彼が建てたのは、しっかりした柱と梁《はり》を備え、棟木と垂木によってなる板葺《いたぶ》きの三角屋根を持つ、こぢんまりとした建物だった。壁には板を張り、その上に土を塗った。窓や出入り口には木枠を設け、板戸を取り付けたが、これでは開け閉めが不便だ。いちいち外して付け直さないといけない。扉の片側上部と下部に軸棒を組み付け、この軸棒に対応した軸受けを製作し、軸受けの中で軸棒が回るようにすれば、扉を開閉できる。そんな仕組みを考えてみたものの、木で作るのは難しそうだ。耐久性の問題もある。

　木製ではなく、金属製ならばどうか。

　そこで彼は思いだした。幼少のみぎり、扉が開け閉めできるのが不思議で、調べてみたことがある。動く金具が使われていた。たしか、蝶番《ちょうつがい》。そう。蝶番だ。

　蝶番は街の市で手に入るだろう。それ以外にも、必要な金具を列挙しておき、まとめて仕入れてきたほうがいい。

「しかし、休まずよくやるものだ……」

　黄緑色の蛙《かえる》が彼の肩の上で呆《あき》れている。

「疲れを感じたり、眠気が差してきたりはするけど、死ぬわけじゃないしな。休まなくても死ぬわけじゃないと思うと、じっとしているのが馬鹿らしくなる」

「私も死ぬわけではないが――というか、すでに死んでいるのだが、たまにはこう、くつろぐというか。無為に時を過ごして、とりとめのない思考に心を委ねたりはするぞ」

「僕はそういうの、よくわからない。概念としてはもちろん理解できるよ？　でも、自分に必要かっていうと、とくに欲しくないな」

「泳ぎつづけていなければ死ぬ魚がいるというが、貴様はそれだな、パルパネル」

「おおっ。新しいのできたんですね」

小屋から天使が飛び出してきた。

「このちっちゃい家、どうするんですか？」

「どうもしない。試作だから」

「じゃ、くださいな」

「きみには小屋があるだろ」

「こっちのほうがいいもん。ていうか、小屋は所詮、小屋なんですよ。飽きてきたし」

「いいけどさ……」


子供の頃、彼と母親、妹の三人で住んでいた家には竈《かまど》があった。木の床が張られていた。出入り口は一つで、窓が二つあった。ベッドは一台で、これを母と彼と妹の三人で使っていた。背もたれのない腰掛けがあった。台の上に板をのせて食卓にした。長持ちという錠前付きの大きな箱が四つあった。大事なものも、それほど大事ではないものも、長持ちにしまって盗まれないように鍵をかけた。

冬は寒かった。朝晩はとりわけ凍えるほど寒いから、できるだけベッドの中で母や妹と身を寄せあっていた。彼は眠るのが嫌いだったが、寒さをしのぐためにそうしていると、知らぬ間に寝入ってしまい、悔しい思いをした。眠ったりしなければ、もっと考えごとができたのに。

「――とりあえず、こんなものかな」

彼は出来上がった家を前に腕組みをした。

肩の上で黄緑色の蛙《かえる》が一声鳴いた。

「まあ、小屋や天使の家と比べれば、なんとか家らしい家に仕上がったな」

「まだ三段階目だしね」

「何？　これで終わりではないのか」

「終わりなわけがないだろ。ちょっとだけ住んでみて、改善点を洗い出したら、次の段階に入る」

「……飽きもせず、よくもまあ」

「そのうち飽きそうな気はするけど、今のところはまだ大丈夫」

「んんあぁっ」

天使が奇声を発して家から出てきた。

「これがわたしの新しい家？　なーんだ。もっと立派なのを期待してたのになぁ」

「……きみのじゃない。この家には僕が住むんだ。仮だけど」

「はぁ？　なぁーんそれ！　話が違ぁーう！」

「僕がきみにどんな話をしたっていうんだ」

「いいから、この家くださいよぉ」

天使は勝手に新しい家のドアを開けた。

「うぁあ。床がある。ベッドまであるじゃないですか。竈《かまど》とか。他にも家具がいろいろ。いかにもお手製って感じでしょぼいですけど。わたしの家には何にもないんですけどぉ。こんなかわいい女の子が、屋根と壁こそあるとはいえ、地べたに枯れ草敷きつめてその上でごろごろしてるだけなんですよ。かわいそうだと思わないんですか？」

「思わないな……」

「ちょっとネルネル、手を出してください」

「手？」

彼は右手を差し出した。天使はドアを閉めると、両手で彼の右手を握った。頭を振ってみせる。

「あーやっぱり。冷たいわ。冷たい手だわ。これ、流れてる血が冷たいってことですよね。さすが冷血人間。ところで血の色は？　赤いです？　青かったりしません？」

「普通に赤いって……」

彼は天使の両手を振りほどき、あたりを見回した。小屋、天使の家、彼の仮家が並んでいるこの一帯は、もともと比較的平坦《へいたん》な森林だったが、今はおよそ二百メトロ四方に亘《わた》って切り開かれ、一部は草地で、一部は土が剥《む》き出《だ》しになり、数箇所に丸木や木材が積まれている。少し足を伸ばせば川が流れているので、水の確保も難しくない。

「どうした？」

肩の上の蛙《かえる》が彼に尋ねた。

「ていうかぁ」

天使がじろじろと彼の顔を見ている。

「髪、伸びすぎじゃないです？　いいかげん切ったら？　ロン毛を通り越してますよ。でもロン毛の上って、なんて言うんだろう。ロンロン毛？　ネルネル、髪は伸びるくせに、髭《ひげ》は生えないんですね。ん？　じゃ、他の毛は？」

「……ちょっと黙ってろ。あと、下ネタはよせ」

「わたし、他の毛としか言ってないんですけど？　どこが下ネタなんですか？　たとえば下の毛とか言ってたら話は別ですけど。他の毛としか言ってないんですけど？」

「ほんと、うるさい……」

彼はため息をついた。

東のほうから彼の土地に侵入してきた者がいる。

「む……」

蛙は気づいたようだ。

「わたしを下ネタ上等下品天使扱いするなんて不当ですから！　侮辱です。屈辱ですよ。

断乎《だんこ》、抗議します。謝ってください。いえ、言葉だけの謝罪なんていりませんから。賠償してもらいます。そうですね、新しい家で手を打ってあげてもいいですよ？　わぁ、わたしってば寛大！」

天使はまだ騒いでいる。

侵入者はゆっくりと歩いてくる。ただ何げなく歩いているようにしか見えないが、足音も衣擦《きぬず》れの音も立てない。黒い装束を身にまとった彼女は、いわゆる人類ではあるものの、犬のような耳を持ち、尻尾が生えている。狼人《ルーロン》だ。

「家をください。新しい家。見たら欲しくなっちゃったんですよ。あきらめきれないです。新しい家。わたしにくださいな。ネルネル。ちょうだい？　ね？」

天使は両の掌《てのひら》を上に向けて彼の鼻先に突き出した。

侵入者が小屋の近くで足を止めた。

「お久しぶりです、救世の勇者」

「ずはっ!?」

天使が跳び上がって振り向いた。目玉が飛び出しかけている。

「うえっ？　誰っ？　何者？　曲者《くせもの》……っ？」

「アダツミと申します」

侵入者が胸に右手を当てて軽く頭を下げると、それにあわせて犬のような耳が少し下を向いた。

「救世の勇者をのぞく方々には初めてお目に掛かります。以後お見知りおきを」

「囲碁のお尻拭き……？　何言ってるんです、この人？」

「そんなことは言っておらんだろう……」

「蛙《かえる》がしゃべるなよ……」

「そうですよ。ネルネルの言うとおりです。蛙のくせにしゃべったら、とてつもなく変な蛙だと思われちゃいますよ。知らないかもしれませんけど、蛙は普通しゃべったりしないんですからね？」

「そのくらい知っている！　このアダツミとかいう者は、勇者をのぞく方々と言ったではないか。つまり、私を勘定に入れている。そもそも、ただの蛙だとは思っておらんということだ」

「まあ、ここがばれたってことは、きっとカランドールの街で僕が顔を見られたってことだろうしな」

彼は一瞬、アダツミを睨《にら》みつけた。あくまでも一瞬だ。アダツミは瞬時に耳を立たせ、ゆったりと揺れていた尻尾を静止させた。しかし、それだけだった。

「ようは、天使のせいか」

蛙が唸《うな》るように言った。天使がたちまち頬《ほお》を膨らませる。

「なんでわたしのせいなんですか。わたしが何をしたっていうんです。こんな無垢《むく》でかわいい女の子に何ができるっていうんですか。濡《ぬ》れ衣《ぎぬ》ですよ。あっ。濡れた衣ってなんかエロいとか今、ちらっと考えたでしょう、ネルネル」

「考えてないよ……」

　カランドールで外套《がいとう》を脱ぐ羽目になったのはたしかに天使のせいだ。しかし、ライマール領だし、たぶん問題ないのではないかと彼は考えた。アダツミはきわめて優秀な、大陸屈指どころか、もしかしたら大陸随一の間者だ。警戒すべきだが、彼女はアビシアンという国の王子に仕えている。ライマールにまで彼女の手が回っているとは予想していなかった。彼としたことが、油断していたのだ。

「何をしに来た、アダツミ」

「今日のところは何も」

　アダツミは先ほどよりも深く頭を下げた。わざとらしく胸に右手を当ててお辞儀をしながら、左手で暗器を抜く。それが彼女の流儀だということは知っている。もっとも、彼女の左手はだらりと下がっていて、何も掴《つか》んでいない。今のところは。

「ただご挨拶に参りました。ご無事で何よりです、救世の勇者」

intermission

PALPANEL.

Part6
まだ大丈夫
The Divine Princess Tarasona comes.

Part7
この道はどこまでも続いてゆく
Tarasona cuts Palpanel's hair.

Part8
真・逆上
Tarasona says “marry me or die”.

Part9
幻影が問う
The mage Fornet once visited Palpanel.

Part10
八十九
Tarasona has summoned something terrible.

Part11
糾えるものたち
Palpanel saves Tarasona and also...

6話　まだ大丈夫

「……まあ、こんなものか」

　彼は家から程遠からぬ小川の水面に映る自分の姿を眺めていた。伸び放題に伸びすぎて、くくるのも一苦労だった髪を、先ほどさっぱり短くした。小刀で削《そ》ぐように適当に切っただけだが、そのわりに珍妙な髪型にはなっていない。

「そうおかしなことにはなっていない――」

　肩の上に座っている黄緑色の蛙《かえる》が、嘲笑《あざわら》うように喉を鳴らした。

「などと思っているのではあるまいな、パルパネル」

「思ってるけど？」

「本気か？　負け惜しみや開き直りではなく？」

「だって、べつに変じゃないだろ。邪魔にならない程度には短くなったし」

「……貴様、美的感覚は終わっているようだな。考えてみれば、身なりも粗末だ」

「恰好《かっこう》なんか気にしてどうする」

「美は人の心を豊かにするぞ」

「蛙が偉そうに……」

「好きこのんで蛙に甘んじているのではない！」

「そうか。でも、僕が死ぬまで、ずっと蛙だ」

「永遠に蛙のままということではないか……」

「残念だったね」

彼はあらためて水面に映っている自分の顔を見直した。頭髪の長さは場所によって異なり、均等ではない。しかし、髪の毛というものは一箇所から生えるわけではないから、同じ長さにしたら妙なことになる。終端部で切り揃《きそろ》えれば一直線になり、それはそれで変だろう。つまり、揃っていなくて当然なのだ。ばらばらでかまわない。

彼は川辺から離れた。

「ときに、パルパネルよ」

「何だ、蛙さん」

「蛙と呼ぶな。呪い殺すぞ」

「殺せなかったじゃないか」

「……あのアダツミとかいう女に居場所を知られたのに、ずいぶんのんきだな。髪など切っている場合か？」

「身を隠せって？」

「貴様なら、地の果てまで逃げることもできるだろう」

「いっそ、伝説の大陸モルドアでも探しに行くか」

「モルドアが実在するのならば、貴様は辿《たど》りつけるだろうさ。いつかはな」

「なんで僕が逃げ隠れしなきゃいけないんだ」

「西の王を討ったのち、自死しようと考えていた悲壮な勇者の言葉とは思えんな」

「誰がそんなこと考えてたって?」

「違うというのか」

「さあね」

「まあ、貴様にも事情があるのだろう」

「勇者様……!」

「みんなあるだろ。事情くらい――」

「勇者様ぁ……!」

彼を呼ばわる声が耳に入っていなかったわけではない。聞こえてはいた。それでいて、
彼は聞こえないふりをしようとした。

あるいは、彼はその声を聞きたくなかったのかもしれない。

「勇者様ぁ……!」

彼女の声が近づいてくる。声だけではない。森の中を駆ける足音も聞こえる。

彼は声のするほうに目を向けもせず、駆けだそうとした。

いや、いっそ飛ぶか。秘術で飛翔《ひしょう》してしまえば、追いかけてはこられまい。

「勇者様ぁ……！」

「……おい、呼ばれているぞ」

とうとう蛙《かえる》に言われた。

彼は決心がつきかねていた。

「あっ……」

彼女が短い悲鳴を上げた。地面に倒れこむ音がそれに続いた。

蛙が、げこっ、と鳴いた。

「こけたぞ、パルパネル」

「……みたいだな。しょうがない……」

彼は何者かに言い訳をするように呟《つぶや》き、彼女のもとへと急いだ。といっても、大いに急いだわけではない。走りすらしなかった。早足程度だ。

彼女は彼が鏡代わりにした小川から遠からぬ森の中でうつ伏せになっていた。顔面以外の肌を覆い隠す黒い聖衣の上に、生成りの外套《がいとう》をまとっている。背に負う荷物はかなり重量がありそうだ。あの大荷物を背負い、彼女は一人で旅をしてきたのか。見たところ周囲に他の人影はない。彼の感覚をもってしてもそれらしき気配を感じないから、十中八九、そうなのだろう。

「ううん……」

彼女は転倒した際、両手で顔を庇《かば》ったようだ。そのままの姿勢で唸《うな》り、体のそこかしこをもぞもぞさせるだけで、起き上がろうとはしない。

彼が近づいてきて、もうすぐそこにいることを、もちろん彼女は知っている。わかっていて、少し顔を上げることさえしようとしない。

彼女はそういう人だ。彼が助け起こすのを待っている。放っておいたら、一昼夜でも待ちつづけるだろう。彼女は決してあきらめない。

「タラソナ」

「ううん……」

呼びかけると、彼女は頭をぴくっとさせた。

しかし、依然として顔を上げようとはしないし、返事すらしない。

「……この女、ダナン教――いや、イズリヤ聖教の聖職者か？」

蛙《かえる》が小声で彼に訊《き》いた。彼女の頭がまた、ぴくっとした。

「平気かい、タラソナ」

彼は蛙の問いには答えず、片膝をついて彼女の肩に手を置いた。

「……ううん……」

「頭でも打ったのではないか？」

　蛙が皮肉っぽく言った。当然、頭を打ったという可能性はない。彼女はうつ伏せに倒れているし、ちゃんと顔面を防御している。石か何かにつまずくなどしてすっ転んだのかどうかもあやしい。もしかすると、わざと転んだのかもしれない。

「わかったよ、もう……」

　彼はタラソナを抱き起こそうとした。秘術を使わなければ怪力の持ち主ではないが、彼はべつだん非力ではない。とはいえ彼女は重かった。彼女自身というより、背負っている荷物が尋常ではない重さだ。

「くっ……」

　おまけに彼女は死体のように脱力しきっている。どうしても持ち上がらない。もう秘術を使ってしまおうか。迷った直後、何がどうなってこうなったのか、彼女に覆《おお》い被《かぶ》さられる体勢になっていた。

「あっ……勇者様……」

「……タ、タラソナ……」

　彼女は彼の胸に顔を押しつけ、彼女の胸は彼の腹部を圧迫し、彼女の腕は彼の腕を押さえつけて、彼の右脚は彼女の両脚にしっかりと挟みこまれている。

　蛙はすんでのところで彼から飛び離れ、難を逃れたようだ。ぴょんぴょん跳ね戻ってきて彼の左肩に跳び乗り、彼女を見ている。

「いったいどんな茶番なのだ、これは……」

「ど、どいてくれ、タラソナ」

「……申し訳……ございません、勇者様……わたくしとしたことが……長旅の疲れからか、体が思うように……」

「そんなわけなくない……？」

「……なぜですか？」

「や、だって、きみ……人一倍、体力あるじゃないか」

「……そうでした。神の御言葉《みことば》を広めるため、わたくしは誰よりも厳しく身を律し、鍛錬を積み……体力は、あるほうでした。たしかに。ですが……」

彼女は頭を左右に振った。彼は顔を上に向けた。下を向いていると、これは彼女の体臭なのか、香水や香木のたぐいではないと思うのだが、ある種の花のような、酒のような、蜜のような香りが、ものすごい勢いで彼の嗅覚を刺激する。思えば、初めて会い、淑女相手の礼儀として手を取って挨拶をしたときから、彼女はこの香気を放っていた。

「……情けない話ですが、勇者様が行方を晦《くら》まされて以来、わたくしは……さながら抜け殻同然と成り果ててしまったのです。ああ、神の御言葉を広め、教徒の皆様の平穏な暮らしのために尽くすという、神聖なる務めがあるというのに……わたくしは……」

「へえ……そうだったんだ……」

「とても、このままではとても、神がわたくしに課した使命を果たすことはできないと。しかし、どうしたわけか、かの魔王……わたくしたち教徒、あまねく人類にとって不倶戴《ふぐたい》天《てん》の敵、滅ぼすべき西の王が、居城もろとも爆死を遂げたというではありませんか」

「……ふうん。あの西の王が、ね……」

「いったい誰が、そのようなことを」

「誰の仕業だろ……意外と、自分でやったのかも……？」

「勇者様」

「……何？　ていうか、いいかげんどいてくれない？　もうどかすよ？」

「勇者様がそれを望めば、能《あた》うことでしょう」

　彼女は彼の胸に顔をこすりつけるようにして頭を左右に揺らした。その動きにあわせて、彼女の胸部はよりいっそう彼の腹部に強く押しつけられた。彼の右脚をとらえて放さない彼女の両脚というより下半身は、獲物に絡みつく蛇のようだった。

「勇者様であれば、おひとりの力でかの魔王を討つことも不可能ではありません。勇者様以外の何者に、そのようなだいそれたことがかないましょう？」

「……ちょっと、あの、何だろうな。うん。買《か》い被《かぶ》りじゃないかな。いくら僕でも、さすがにね……」

「わたくしの目は節穴だと？」

「どかすよ、タラソナ」

彼はついに秘術を使った。彼女は不可視の力によって持ち上げられ、彼は立ち上がった。うつ伏せのまま空中に浮いていても、彼女は慌てず騒がない。翡翠《ひすい》のごとき瞳で、じっと彼を見つめている。

彼は彼女から目をそらした。地上に下ろしてやると、彼女はくすりと笑った。

「相変わらず、おやさしい」

「……僕がやさしいだって？　とんだ勘違いだ」

「おい」

肩の上で蛙《かえる》が鳴いた。

「パルパネル。貴様、よもやこの女とできているのか？」

「そんなわけないだろ。聖職者だぞ。彼女は神に身を捧《ささ》げてる」

「いいえ、勇者様」

タラソナは外套《がいとう》の頭巾を外した。

それだけではない。

黒い聖衣は彼女の顔部を除く頭をすっぽりと覆っている。イズリヤ聖教で聖職に就いている女性は、極力肌を露出させてはならないのだ。男性の聖職者は首から足首まで届く長衣を着て帽子を被《かぶ》る程度なのに、女性の聖職者は素手すら人前では露《あら》わにできない。

それゆえ彼も驚いた。タラソナは聖衣の頭覆いをずらした。こぼれた頭髪に、彼の目が釘付《くぎづ》けになった。とくに変わった色でもない。わりと一般的なブラウンだ。ただ、彼女の顔が髪の毛に囲まれているというだけで、意表を衝《つ》かれた。

タラソナは、それから、手袋も外した。彼女の手を取ったことはあっても、彼女の素手を目にするのはこれが初めてだった。

「わたくしは大教主様に聖職を辞することを宣言いたしました。魔王亡きあとの混乱を横目に、神がわたくしに課した使命をなげうつことに、ためらいがなかったとは申しません。ですが……勇者様をお捜ししたい。いいえ。勇者様にふたたびお会いしたい。この気持ちを抑えることが、わたくしにはどうしてもできなかったのです」

「……待って」

「はい。待ちます。いくらでも」

「聖職を……辞めた？　きみはもう、聖職者じゃないってこと？」

「その女はさっき、はっきりとそう言ったではないか」

「蛙は黙ってろ」

「辞めました」

タラソナは輝かんばかりの笑みを浮かべ、胸の前で両手を組みあわせた。聖職に就いていたころの彼女も笑うことはむろん多々あったが、これほど開けっぴろげな笑顔を見せはしなかった。

「神への信仰を失ったわけではありませんが、わたくしはもはや聖職者ではないのです。神姫《かむなぎ》などというもったいない異名は、今のわたくしにふさわしくありません。わたくしはただのタラソナ、一人の女です。つまり」

「……つまり？」

「この身は神のものではありません」

「あぁ……そう……なんだ。え？　で……？」

「勇者様」

「……何？」

「お慕い申し上げておりました」

彼女が進み出る。彼に近づいてくる。

「好き。大好き。勇者様のことが好きすぎて、ときどき恐ろしくなります」

彼は首を横に振った。

「……僕も怖いよ」

「怖がらないでください」

「や、でも……」

「勇者様とちぎりたい」

「ちぎっ――」

彼女は何を言っているのだろう。彼は一瞬、考えた。考えてしまった。ほんの一瞬の隙を突いて、彼女は彼に組みつき、押し倒した。彼女は重かった。彼女の荷物が異常なほど重かった。ひょっとして、そのためなのではないかと彼は疑った。重量によって彼を押し潰し、制圧するには、彼女の自重ではまったく足りない。それで彼女は、でたらめに重い荷物を背負っているのではないか。

計算高い、とは思えない。明らかに理性よりも情熱の人だ。もっと言えば、彼女は神懸かりだ。

彼女が信じる神はこの世に存在しない。彼は本物の神と対面したことがあるから断言できる。彼女はいもしない神に感化され、盲信し、ありもしない神の力を借りて、数々の奇跡を起こしてきた。神姫タラソナがなした奇跡は、神の御業《みわざ》などでは決してない。すべて彼女自身の力だ。

「あなたが好き」

彼女の熱っぽく潤んだ翡翠《ひすい》の眼《め》は、彼の直上に位置している。彼女は両手を彼の顔の両脇についている。彼女は彼の下腹部よりやや上にまたがり、まっすぐ彼を見下ろしている。濡《ぬ》れているのは彼女の瞳だけではない。なぜか彼女の唇も艶《つや》やかに濡れている。

「あなたが欲しい」

彼女の髪が垂れて彼の頬《ほお》を撫《な》でている。どうしてか、彼女の香気は彼から正常な判断力を奪い去る。彼女は何もかも見すかしているのか。言わば度外れの天然で、微塵《みじん》も自覚がない、大陸で一二を争う天才的な、いや、正真正銘の天才魔術師であるという彼の見立ては間違っているのか。じつは途方もなく打算的な策略家なのだろうか。

「あなたをわたくしのものにしたい。あなたのものになりたい。あなたと繋《つな》がりたい」

彼女の息遣いが荒い。彼女の肩が上下している。彼女の顔はまだ彼の顔と重なりそうなほどには接近していないのに、彼女の胸は彼に接触している。彼女は揺れ、震えている。

「あなたが好き。好きなの。ずっと好きでした」

蛙《かえる》はどこに行ったのか。こんなときに限って、蛙が身近にいないように思われる。どこかそのへんにいるのか。いっそ、蛙をアルダモートに戻して妨害してもらうか。わざわざそんな回りくどいことをせずとも、秘術でなんとかすればいい。

「愛しているの。あなたと、ちぎりたい」

そうだ。秘術でちぎればいい。

違う。

ちぎるのではなく、目なんかつぶっていないで、秘術を使うのだ。なぜ彼は目をつぶっているのか。この香気のせいか。荷物のせいで彼女が重いからか。まさか、彼女の魔術が彼に何らかの影響を及ぼしているのか。

「初めてです。何もかも。あなたに捧《ささ》げます。どうか、わたくしの初めてを、奪って――」

「あああぁぁあああぁぁぁぁ……！」

すっとんきょうな大声が響き渡らなければ、彼は目を開けなかったかもしれない。

瞼《まぶた》を押し開けると、タラソナの顔が危険なほど肉薄していた。彼の鼻と彼女の鼻とが激突する寸前で、まさしく間一髪だった。

タラソナはその距離を維持したまま、顔を右に向けた。彼も首をいくらか、あとは眼球を動かしてそちらに目をやった。

すぐそばに蛙がいて、そのずっと向こうに天使が立っていた。

「こんなとこで、何やって……！」

天使は目を瞠《みは》って両手で口を押さえている。かなり仰天している体《てい》ではあるが、どこかわざとらしい。

「ていうか、やってる……？　まだやってはない？　これからやろうとしてた？　うっわ。やっばっ。聖職者っぽい女といきなり外でって、エロすぎじゃないですか？　大丈夫なの、これ？　レーティング的に……？」

7話　この道はどこまでも続いてゆく

家の前で地べたに座らされ、髪を切られた。

久しぶりだった。

思えば、西の王の軍に対抗すべく人類の諸勢力から精鋭を募り、討伐隊が結成されてからは、ときおり彼女が整髪してくれた。彼女は彼にだけそうしていたわけではない。望む者がいれば、彼女は黒曜石の小刀で分け隔てなく髪や髭《ひげ》を切ったり剃《そ》ったりした。望まなくても、彼女のほうから声をかけた。傷病者の手当てや看病はとくに率先して行った。今まさに息を引き取ろうとする者を、彼女は放ってはおかなかった。彼女は汗や涙、血どころか、汚物すらも厭《いと》わず、瀕死《ひんし》の重傷を負った者を抱きしめた。

彼女の胸で死んでいった者が何人いるだろう。彼にはわからないが、彼女はきっと数えているはずだ。ことによると、一人一人の名まで記憶しているかもしれない。

「よい具合だと思います」

彼女は彼の肩や首筋に付着していた髪の毛を手で軽く払った。

「なぁーにが……」

天使はなぜか地べたにあぐらをかいてむくれている。

「よい具合だと思いますぅ……ですよぉ。聖職者が髪結いの真似事《まねごと》するなんて、ふしだらっていうか、淫靡《いんび》っていうか、普通にエロいじゃないですか。エロ展開まっしぐらとしか考えられないんですけどぉ？　ていうかぁ……やってましたよね？　やる寸前な感じではありましたよね？　そこからとりあえず家に的な流れになったと思いきや、髪でも切りまひょかって、どういうこと？　そういうプレイなんです？　どういうプレイ？　変態すぎて余人には理解不能なアレですか？」

「勇者様」

彼の背後で彼女がしゃがんだ。彼女は彼の肩に顎をのせた。

「これからは少しでも髪が伸びたらわたくしが整えて差し上げます」

「……いいよ。そんな」

「どうか遠慮などなさらないで」

「遠慮っていうか……」

「おーい！」

天使が両手で地面を叩《たた》いた。連打した。

「無視？　無視かよ。わたしを無視するんじゃねーよっ。なんで無視できんだよ。ドどういう神経してんだ、変態。ド変態！」

ちなみに、黄緑色の蛙《かえる》は彼ではなく天使の肩の上にちょこんと座っている。

彼は二、三度、まばたきをした。何かおかしい。

何か、ではない。何もかもおかしい。

どうして家の前で彼女に髪を切られたのか。そもそも、なぜ家まで彼女を連れてきてしまったのだろう。

経緯は記憶している。とりあえず、ここで、このままでは何だし、といったようなことを彼は言った。それから、彼女を伴って移動した。しかし、どのような理由で彼はあんな発言をしたのか。そのあたりがどうもよくわからない。

彼は瞬時に体を沈ませ、彼女の顎から肩を抜いた。直後、すっと前に出て立ち上がり、振り返った。

「髪は……髪くらい、自分で切れるから」

彼女は目を丸くして彼を見上げている。

ふっ、と笑い、片手で口を押さえた。

「正直に申し上げて、ひどい有様でした。何でもできてしまう御方《おかた》なのに、身だしなみは不器用でいらっしゃる。そういうところも、わたくしは好き」

「う……」

彼はあとずさりした。

「『わたくしは好き』」

天使が彼女の物真似《ものまね》をして、また地面をぶっ叩《たた》いた。

「じゃねーわ！　よくもいけしゃあしゃあと！　小っ恥ずかしくないんですかね、こっちが恥ずかしいわ！」

「……ところで、何を怒っているのだ、天使よ」

蛙が訊《き》いた。

「怒ってないし！」

天使は即座に怒鳴った。

「怒るわけねーし。怒る理由がねーし。ただそのセーショク女がキモいだけだし。あ、このセーショクには、聖職者の聖職と、生んで殖やすの生殖がかかってるんで。好きに生殖でも何でもしやがれっていうんですよ。キモッ。キんモッ。キモキモキモッ！」

「天使……」

彼女がようやく天使に視線を向けた。

「あれは何ものなのですか、勇者様。蛙はきわめて邪悪でありながら、害がないことはわかります。ですが、あれはどうにも不明瞭で、わたくしには本質が掴《つか》めません」

「わたしゃ、天使ですよ！」

天使はあぐらをかいたまま背中の翼を広げ、薄い胸を反り返らせて腕組みをした。

「見てわかんないんですかね。どこからどう見たって天使じゃないですか。こんなに天使らしい天使も、そうそういないと思うんですけど。天使の中の天使といっても過言ではない、まさに天使の権化じゃないですか！」

「……輪は光っておらんがな」

「黙らっしゃい、蛙《かえる》さん！　天使の輪っかは光を失おうとも、わたしにはまだ立派な天使の羽があるんでいっ。てやんでぇばぁーろぉちくしょうめぇ！」

「天使、というと――」

神姫《かむなぎ》と呼ばれる彼女の瞳が鋭く冷たい光沢を帯びた。

「ガーラやモルド、ヌーシュのような、神に付き従う天の御使《みつか》い。あれが天使だというのですか？」

「だ、か、らぁ！　天使だって言ってんだろうがっ。これだから地上の似非《えせ》聖職者はっ。リアルな神も、天使のことも、ちぃーっともわかってないんですから」

彼は軽い頭痛を覚えた。

「……やめろ、天使」

「何だい、何だい。ネルネルも所詮、性欲には勝てない一匹のオスでしかないんですね。見損ないましたよ。一生分どころか常人の一万生分モテにモテまくって、あらゆるプレイを楽しみ尽くしてるはずだから、性欲なんかに惑わされたりしないって信じてたのに！」

「あらゆるプレイ……」

タラソナが呆然《ぼうぜん》と両腕で自分の肩を抱いた。

「そ、そうなのですか、勇者様。あらゆるプレイを……というか、プレイとは……？」

「そんなの決まってるじゃないですか、アレをこうしたり、こんなふうにあーしたり、くりくりっとして、いんぐりもんぐり、うにょんうにょん！」

天使は身振り手振りで何かを表そうとしているようだが、彼にはちんぷんかんぷんだ。

「い、いんぐりもんぐり……」

タラソナは震えている。顔が赤らみはじめた。

「アレを……うにょん、うにょん……」

「頼むから、やめて……」

彼は頭を抱えた。不老不死なのに、頭がずきずきする。痛い。痛すぎる。

「天使とは、みたいな話って神学論争に発展しかねないし、めんどくさすぎるんだよ。地上には地上の歴史があるわけで、僕が把握してるだけでも魔術的な存在だの、魔術そのものだのが絡んでたりもしてて、そうならざるをえなかった面もあったりするし……」

「いいえ」

タラソナがふるふると頭を振った。

「いいえ、勇者様、問題は天使でも神の実像でもありません」

「え。じゃ、何？」

「問題は勇者様が楽しんでこられた、無数のプレイです」

「だから、楽しんでないって……」

「たいそうおモテになっていたのは事実ではありませんか。見目麗しい貴婦人たちに囲まれ、鼻の下を伸ばしていらっしゃるあなたの姿を遠目に見るたび、わたくしは……」

「僕がいつ鼻の下を伸ばしたよ……」

「ま、しょうがないですよ」

天使は肩をすくめてみせた。

「どんなに偉くったってね。男ってのは本能には逆らえないんです。ひたすらたーっくさん、蒔《ま》けるだけ種を蒔くようにできてるんですから。素早く、ぱぱっと。びゅびゅっと、大量にね。昔から言うじゃないですか。据え膳食わぬは男の恥って。そういう生き物なんですから」

「据え膳……」

タラソナは崩れ落ちるようにうなだれ、両手を地面についた。

「……覚悟はしておりました。どうせ、ちぎりにちぎって、ちぎり尽くしているに違いないと。ですが、恐ろしい嫉妬の炎も、神に捧《ささ》げたこの身を焦がすことはできない……ああ、けれど、今となっては、着飾るだけ着飾って白粉《おしろい》まみれの強調した胸元を露出するしか能がないあの馬鹿女どもと、わたくしの勇者様がはしたなくちぎっていたと考えるだけで、わたくしは……わたくしは……」

「馬鹿女どもって……タラソナ、言い方……」

「わたくしは……わたくしは……わたくしはぁぁ……」

「はぁーっはっはっはっはっはぁーっ！」

天使が立ち上がって、大笑いしはじめた。

「残念だったなぁ、セーショククソ女！　てめーがモノにしたい勇者は、史上稀《まれ》にも見ない超絶女たらし！　酒池肉林を極め尽くし、五感すべてを駆使して想像を絶する多種多様な快楽を貪ってきた！」

「……あぁぁあっ。勇者様ぁっ……よもや、そこまでとは……」

「ほんと、まじでいいかげんにしろよ、天使……」

「なぁーにをおっしゃいますやら！」

天使は片目をつぶって、べーっ、と舌を出してみせた。

「さんざんいい思いをしてきたのは本当のことじゃないですか。史上最高最大の英雄、救世の勇者としとねを共にしたくない女なんか、一人もいないほどだったんですから。そりゃもう、よりどりみどりだったでしょ」

「いい思い——だって？」

彼は一瞬、考えた。この生意気な天使を秘術でひねり潰してやろうか。

殺気を感じとったのか、天使が震え上がり、タラソナも顔を上げた。

彼はため息をついた。

「戯《ざ》れ言《ごと》はそのへんにしておいてくれ。少なくとも、勇者だ英雄だ何だと讃《たた》えられるようになってから、僕がいい思いをしたことはない。あげく、何もかも終わらせるはずだったのに、このざまだ」

「うーん……」

天使は頭を下げた。

「ごめんなさい。わたし、売り言葉に買い言葉っていうか……違うか、ええと……ちょっと調子に乗っちゃったっていうか……」

えらくか細い声だ。天使は肩の上に座っている蛙《かえる》をさわった。

「ほらほら、蛙さん、あなたもですよ。一緒に謝って」

「おぉ。すまぬ……って、なぜ私が謝らねばならんのだ」

「私とあなたの仲じゃないですか。一心同体みたいなものなんですから」

「いつから一心同体になった……」

「今ですかね?」

案の定、天使は本心から詫《わ》びているわけでも、反省しているわけでもなさそうだ。

もっとも、彼は天使に何も期待していない。ゆえに失望してもいない。

「勇者様」

タラソナがゆらりと立ち上がった。まだ顔を伏せている。頭髪が垂れ落ち、何か鬼気迫るものがあった。

「……な、何？」

「勇者様の女性遍歴など、わたくしは問題にいたしません。先ほども申し上げたように、覚悟しておりましたから」

「や、だからさ……いいや、もう」

「覚悟……しておりましたから……」

タラソナが声を、そして肩を震わせはじめた。まさか、泣いているのだろうか。どうして泣かれなければならないのか。

「わたくしは平気です」

「……あ、そう。え？　平気――って、何が？」

「たとえわたくしが、勇者様にとって何百、何千、何万人目の女であろうと、一向にかまいません」

「僕を何だと思ってるの……？」

「ですから、ご安心ください」

タラソナは顔を上げた。やはり彼女の双眸《そうぼう》と頰《ほお》は泣き濡《ぬ》れていた。それでいて、彼女は笑っている。

「わたくしと結婚していただけますね？」

「……は？」

「これからはわたくしだけを愛し、わたくしだけとちぎり、わたくしと添い遂げることを、今、この場で、神に誓ってくださいますね？」

「なっ——んで？」

「愛しています。心から。魂の奥底から。愛していたのです。初めから。これは神が定めた運命なのです。わたくしと結婚してください」

「……ちょっ……」

彼は言葉を失い、天使と蛙《かえる》を見やった。

蛙は、げっ、と興味なさげに鳴いた。

天使は、どうぞどうぞどうぞ、とでも言いたげな手振りをした。

「わたくしと結婚してくださいますね、勇者様？」

タラソナは相変わらず笑顔だ。涙はまだ乾いていない。それどころか、流れつづけている。彼女は泣きながら笑っている。

「結婚するとおっしゃってください」

彼は、ええんっ、と咳払《せきばら》いをした。神姫《かむなぎ》タラソナが身も心も捧《ささ》げていた非実在の神ではなく、まごうことなき神の前でも、彼は怯《ひる》まなかった。この程度で動じてどうするのか。迷うことなどない。ただ決断し、適切な行動をとるだけでいいのだ。

「しない。できない。きみと、結婚は」

「それはつまり――」

タラソナの表情に変化はない。

「わたくしと結婚してくださるということですね？」

「え……？」

彼は力強く首を横に振った。

「いやいや、だから、しないって」

「わたくしと結婚してください」

「……しないよ？　え？」

「結婚してください」

「はっきり言ってる……よね？　しないって。結婚は、できない」

「わたくしと結婚しなさい」

「……命令になってるよ？」

「結婚しないと、わたくしと結婚することになります」

「ど、どういう意味……？」

「結婚してください」

「いや、しないってば」

「聞き分けのないことをおっしゃらないで」

「どっちが……？」

「いいかげんわたくしと結婚してください。さもなくば」

「……さも、なくば？」

「あなたに殉教していただかねばなりません」

タラソナは一度目をつぶった。ふたたび瞼《まぶた》を開けると、彼女の顔つきが豹変《ひょうへん》した。

神姫《かむなぎ》はイズリヤ聖教の信心深い教徒たちには際限なく慈悲深い。しかしながら、教徒の敵に対しては正反対だった。

イズリヤ聖教の前身は、預言者イズリヤが開いたダナン教イズリヤ派だ。イズリヤは、正しき者から盗むこと、正しき者を傷つけること、正しき者を殺すことを、神の御心《みこころ》に添わないとして禁じた。だが同時に、神の教えを乱す者は敵であり、敵は打ち倒されねばならないとも説いた。すなわち、教義に背く者、異教徒は傷つけてもよく、殺してしまってもいい。教敵からであれば、略奪することも許《ゆる》されてしまう。むしろ、教敵は殺し、消し去らねばならない。

神姫は誰よりも熱心なイズリヤ聖教の信者であり、もっとも敬虔《けいけん》な教徒だった。敵と見なせば一切容赦せず、完全なまでに冷酷無情な処置を眉一つ動かさずに下した。

「わたくしと結婚してください、勇者様。さすればあなたは救われます。他に道はありません。今すぐわたくしと結婚しなさい」

8話　真・逆上

どうやら彼は選択を迫られているようだった。

神姫《かむなぎ》タラソナと結婚する。

それとも、結婚しない。

「……なんかクソやばくないですか、あのセーショク女」

天使の腰が引けている。自慢の羽もすっかり縮こまっている。

「お、おい」

天使の肩の上で蛙《かえる》が喚《わめ》いた。

「逃げろ、天使。避難だ。避難しろ」

「えぇ、そんないきなり太りまくれとか言われても」

「私は肥満しろなどとは言っていない。肥満ではなく、避難だ。ここから避難しろと言っている」

「わかってますよぉ、そんくらい。軽くボケてみただけじゃないですかぁ。えぇ。逃げろってこと？　なんっかなぁ。いいんですかねぇ、主人公が逃げちゃって」

「貴様、いつから主人公になったのだ……」

「こんな清純でかわいすぎる女の子が脇役なわけないでしょ。主人公に決まってます。主人公以外、似合わないんですから」

「蛙の言うとおりだ」

彼は神姫タラソナを見すえたまま、天使に命じた。

「避難しろ。何が起こるか、僕にもちょっとわからない」

「これから何が起こるか――」

タラソナは美しい。

彼がこれまで出席することを余儀なくされてきたどの宴席や式典にも、美女という美女がこぞって集まっていた。そうした名だたる美女たちも及ばない美しさがタラソナには備わっている。彼女は洗顔し、ときおり黒曜石の小刀で産毛を剃《そ》る以外、何も手をかけていない。その状態で頭髪を聖衣によって隠し、素顔だけを露出していても、非の打ちどころがなく彼女は美しいのだ。そして今、髪の毛が彼女を飾っている。化粧も宝石も貴金属も衣装も、彼女には必要ない。彼女自身の髪だけで十分だ。十分すぎるほどなのだ。

美しい彼女が無表情になると、途方もなく恐ろしい。無慈悲を通り越して残忍さを具現したかのようなその顔つきを、彼は初めて目にしたわけではない。敵を打ち倒すとき、彼女はその顔を見せる。敵のみに向ける冷徹極まりない顔を、彼に向けている。

彼女の唇の両端が吊《つ》り上《あ》がった。

「何が起こるべきか。決まっています、勇者様。あなたはわたくしと結婚するのです。わたくしはあなただけを愛し、あなたはわたくしだけを愛するのです。それがこれから起こることです。そうでしょう？」

彼はあえて黙りこくった。

蛙《かえる》を肩にのせた天使が、抜き足差し足忍び足でこの場から離れようとしている。そうだ。それでいい。

タラソナは口だけ笑わせている。彼女の冷たい眼光は、彼を、敵にならんとしている救世の勇者パルパネルを射すくめている。

「あなたはわたくしと結婚するだけでいいのです。それだけで何もかも解決します。わたくしがあなたを愛します。そもそもわたくしは、世界中の何ものよりも強く深くあなたを愛しているのです。わたくしと結婚しなさい」

天使と蛙はだいぶ離れた。

彼は一つ息をついてから言った。

「きみはもともと、僕を殉教者に仕立てて始末するつもりだったただろ」

「わたくしが、勇者様を……」

タラソナはわずかに眉をひそめた。同時に口許《くちもと》の笑みが跡形もなく消えた。

「なぜわたくしが、全人類に救世の勇者と讃《たた》えられる、あなたを」

「大教主からひそかにそう命じられていたはずだ。西の王を討ち果たしたら、僕は用済みどころか、イズリヤ聖教にとって邪魔でしかないからね。だいたい僕は教徒じゃないから、教敵に認定することもできる。教義に従えば、殺しても問題ない。殺すべきだ」

「まさか、あなたは……それで、西の王を、おひとりで？」

「いや……」

彼は言いよどんだ。

「……それだけじゃない。でも、きみが大教主から神の下《もと》に後始末を命じられたことは知っている。きみは模範的な教徒だ。神を持ちだされたら拒めるわけがない。万難を排して、神聖なる務めとやらを果たそうとする。きみは僕に西の王を討たせてから、僕を殺すつもりだった」

「わたくしは――」

「嘘《うそ》はやめようよ、タラソナ。意味がない。僕は知っているんだ。僕が知っている。これがどういうことか、きみならわかるだろ。ただ噂《うわさ》で聞いたとか、想像だとか、そういうことじゃない。具体的に、きみがいつ大教主と会って、その話をしたのか。二人きりじゃなくて、その場には枢機卿《すうききょう》がいた。大教主お気に入りの、あのまだ若くて見目麗しい、才気走ったミロディオ」

「ミロディオ枢機卿《すうききょう》……」

「彼から直接聞いたわけじゃないけどね。これ以上、情報源を明らかにはしない。必要ないだろ。きみは大教主から僕を始末する命を下されて、これを受けた」

「だから……だから、わたくしと結婚してくださらないと？」

「や、だからっていうか——まあ、自分を殺そうとしていた人と結婚しようとは、普通、思わないんじゃないかな」

「実際に殺してはいません」

「そうだけど。……そりゃそうだよ。殺されてたら、僕、ここにいないでしょ……」

「わかりませんよね？　もしその状況に至ったとしても、わたくしが本当に大教主のご命令に従ったかどうか」

「神の名の下で言い渡された使命だよ。他ならぬ、きみだよ。やるでしょ……」

「やったかもしれません」

「ほら……」

「ええ。そうですね。おっしゃるとおりです」

タラソナは両手を胸のあたりまで持ち上げた。

「わたくしは使命を果たすつもりでした。ですから、勇者様が行方知れずとなったときは、思わず安堵《あんど》したものです。西の王を討ち滅ぼした暁には、神の名の下にあなたの息の根を止め、わたくしも自害するつもりでしたから」

「……さらっと、とんでもないこと言ったね。自殺は教義的にまずいんじゃなかったっけ。たしか、自殺すると正しき者である教徒の自分を殺すことになって、犯した罪で正しくない者に堕落するわけだから、二重の意味でだめだとか」

「愛する勇者様を手にかけておきながら、おめおめと生きながらえることはできません。使命を全うし、罪を犯す。これならば、どうでしょうか」

「どうって言われても……」

「差し引きゼロです。神は許《ゆる》してくださいます」

「そうかなぁ」

「考えてもみてください。わたくしは西の王を滅ぼし、あなたと心中を遂げるつもりでしたが、結果はあなたが一人で西の王を討ち果たした」

「まあ、結果的にはね……」

「これこそ、神の思《おぼ》し召《め》しです」

　タラソナは満面にきらめくばかりの笑みをたたえた。彼女に邪念は微塵《みじん》もない。彼にはねじ曲がり破綻しているとしか思えない理屈でも、彼女は純粋にそれを信じきっている。

「全人類の恐るべき敵、西の王が消え去り、わたくしは罪を犯さずにすみました。これは明らかに神の祝福です。あとはわたくしと勇者様が結婚し、愛しあい、添い遂げることで、神の計画は完成するでしょう」

「どうしてそうなるんだよ……」

「それなのに、なぜわたくしと結婚してくださらないの」

「言ったじゃないか。僕を殺そうとしていた人と、結婚はしない。できない」

「結婚すれば殺しません！」

「脅されるのは、もうたくさんなんだ」

「誰があなたを脅迫できるというのですか。あの西の王を一人で殺してしまうような、あなたを」

「今、きみが脅してるだろ」

「脅しではありません。わたくしは決意を申し上げています！」

「わかった」

「では、わたくしと結婚するのですね！」

「しないよ」

彼はタラソナと見つめあった。彼女は苛立《いらだ》ち、憤っている。吊《つ》り上《あ》がった目尻の高さが左右で異なり、眉間や鼻柱に寄れるだけ皺《しわ》が寄り、頬《ほお》は引《ひ》き攣《つ》り傾いて、唇がめくれ上がり、歯茎までのぞいている。

すさまじい形相だ。

それにもかかわらず、冷淡に敵の命を奪うときの無表情よりはずっといい。常軌を逸しているが、それもまた人間らしく、生命力に溢《あふ》れており、魅力的で、可憐《かれん》ですらある。

「僕も決意を伝える。僕がきみと結婚することは絶対にない。相手がきみじゃなくても、結婚なんてありえない。僕の気持ちは変わらない」

「……どうしても、ですか」

「どうしてもだ」

「何があろうと？」

「何があろうと」

「心変わりすることはない」

「――と、言いつつ？」

「はずだったのに？」

「……変わらないって言ってるだろ」

「ところが？」

「しつこいよ……」

「なので、しょうがなく……？」

「僕はきみと結婚しない。何回も言わせないでくれ」

「……どうしても、ですか」

「戻っても無駄。繰り返せば、僕が根負けするとでも？」

彼には時間がある。

それはもう、ありあまるほどに。

彼女はそうではないはずだ。

「神が僕を祝福することはない。呪うことはあったとしてもね。きみは神とともに生きるか、神の祝福にふさわしい相手を探せばいい。帰ってくれ」

「わかりました」

彼女が急に引き下がったので、彼は拍子抜けするよりも不審を抱いた。

見ると、彼女は相好を崩している。

「勇者様。あなたはわたくしと結婚してくださらない。わたくしがこれほどまでに愛しているというのに、あなたときたらにべもない。わかりました。わたくしの愛、一生に一度の恋は実らない。そういうことですね。よくわかりました」

不気味だ。

彼は身構えた。

「……わ、わかってくれたなら、いいけど。うん。よかった」

「かくなる上は、死んでください」

「え」

「神に許《ゆる》されようなどとは思いません。罪を犯すことを恐れはしない。恐れる理由がないのです。わたくしはもう何も怖くありませんから」

「そう……なの?」

「あなたには死んでいただくしかありません」

「……なんで?」

「大丈夫です」

「何が……?」

「あなた一人を逝かせはしません。あなたを殺して、わたくしも死にます。安心して死んでください。わたくしと一緒に死になさい」

彼女の頭髪が逆巻くようにひるがえった。彼女の双眸《そうぼう》が光を放っている。彼女が吐く息は光だ。もっとも、どれほど輝いていようと、それは太陽の光とは違う。異質なものだ。それゆえに、眩《まぶ》しくはない。熱くもない。

「メルザイヤ――天の御使《みつか》い、神の雷雨よ」

彼女が天を仰ぎ、両手を掲げる。彼女の頭上、かなり高い場所に雨雲が渦巻きはじめている。彼の頬《ほお》を雨粒が叩《たた》く。大粒の雨だ。最初はまばらな雨だった。あっという間に豪雨になった。

「おおっ。たまらんな、こいつは……」

黄緑色の蛙《かえる》が地面から跳び上がって彼にしがみついた。

「アルダモート。天使と一緒に逃げたんじゃなかったのか」

「神姫《かむなぎ》とやらに興味があってな」

蛙は素早くよじ登り、彼の外套《がいとう》の襟に体を半分うずめた。雨の勢いはいや増しに増している。もはや彼も彼女もずぶ濡《ぬ》れだ。

「なんという……これは、魔術か？」

「タラソナはそう思っていないけどな」

「何だと？」

「イズリヤ聖教における天使とは、旧神だ」

「布教の過程で、あちこちでかつて神と呼ばれていた存在を教義に取りこんでいった。そのあたりは私も知っている」

「そうか。タラソナはそれらの天使たちや神自身から力を借りている。そう信じている」

「事実ではない、ということか」

「彼女以前にその手の魔術を使った者はいないいし、理論もへったくれもない――」

「天罰覿面《てんばつてきめん》……！」

タラソナが両手を振り下ろすと、雷光で天地が白一色に染まった。すかさず秘術で防がなければ、彼と蛙は一瞬で丸焼き、丸焦げどころか、消し炭になっていたことだろう。いや、本物の神のせいで彼は不老不死に成り果ててしまったから、消し炭になることはあるまい。だが、消し炭になったような衝撃、痛みを通り越した激甚なる痛みを感じる羽目にはなっていたに違いない。

秘術によって、雷撃は彼を直撃しなかった。雨雲は消失し、むろん雨も止《や》んだ。

「クラダナボラス――天の御使《みつか》い、神の御座《ぎょざ》よ」

彼女は顎の前あたりで両手を組みあわせた。彼女が浮き上がる。風だ。光の風が彼女を持ち上げている。彼女は見る間に二、三十メトロも上昇した。

「……飛べるのか、あの女も」

蛙が呻《うめ》くように言った。彼は肩をすくめた。

「あれは僕も初めて見る」

「やつは何をするつもりだ？」

「さあ……」

「ランタイオ――天の御使い、神の業火よ」

彼女は両腕を広げた。光の風は消えておらず、彼女を押し上げつづけており、彼女は高度を維持している。

つまり、彼女は二つの魔術を並行して使おうとしている。いわゆる魔術の中では、そうとうな高等技術だ。

「熱っ……」

彼は足許《あしもと》から熱気が立ちのぼってくるのを感じ、秘術で身辺の温度を下げた。まず草が燃えだし、土が一気に乾いた。一瞬で水気が飛ぶと、彼は炎に包まれた。

「むおっ……」

蛙《かえる》がおののいている。秘術のおかげで熱くはないが、赤い炎で視界が遮られている。炎が赤かったのは束《つか》の間《ま》で、すぐ黄色くなった。彼は唖然《あぜん》とした。

「おいおい……」

炎は温度によって赤、黄、白、青といった具合に色が変わる。タラソナが天の御使《みつか》いランタイオとやらの力を借りたと称して引き起こした炎は、白っぽくなってゆきつつある。秘術で防御することは依然として可能だ。よしんば秘術で温度を下げきれなくなったとしても、彼が焼け死ぬことはない。彼は平気でも、彼以外はどうか。

「私は平気だが！　こうして貴様にへばりついてさえいれば――」

「おまえは焼き蛙になってもいいんだけど……！」

「薄情なやつめ！」

「なんで僕がおまえに情を覚えなきゃならないんだ、くそ、鎮火させるか……！」

タラソナがここまで高温の炎を起こしうるとは想定外だった。彼は即座に秘術を組み立てて実行した。温度を下げるよりも、燃焼という現象自体を疎外してしまったほうが手っとり早い。

実際、火を消してみると、神の業火とやらは彼の予想を遥《はる》かに超える広範囲に及んでいた。そのせいで、瞬時には鎮火できず、いくらか時間がかかった。彼は愕然《がくぜん》とした。

「まじか……」

一面の焼け野原だった。

五百年以上前、大帝国を築き、太陽暦を制定して、人類の多くが今も用いているリリア語や、メトロやポルドといった度量衡の単位を定めたバトゥークは、主要な街道の二百五十メトロごとに灯火台を設け、千メトロごとに駅亭を置いて役人を常駐させた。二百五十メトロをバーリ、千メトロをガーレという。一ガーレ四方といったら大袈裟《おおげさ》だろうが、一バーリ四方は確実に焼き尽くされている。

「家が……僕が建てた家……」

「仮と言っていたではないか」

「だとしても、だよ。跡形もないじゃないか……」

「少しは天使を心配してやれ」

「あれでも神の分身だぞ。この程度で」

「輪は光を失っているがな」

「そうだった……燃えたかな」

「この期に及んで他の女の心配ですか、勇者様？」

タラソナはまだ光の風によって浮いている。宙から彼を見下ろしている。

「あのようなどこの馬の骨とも知れない有翼人に惑わされ、あなたは理性と正常な判断能力をなくしてしまったのですね。それとも、色欲に溺れ、深みに嵌《は》まった果てに、とうとう年端もいかない娘にまで手を出したのですか」

「手なんか出してないし、あれは年端もいかない娘なんかじゃないよ……」

「口では何とでも言えます。そうです。わたくしと結婚しないというのも、口から出任せなのですね。ということは？　逆に……？」

「くどい」

「なぜあなたは……！」

「僕にしてみれば、どうしてきみは、だって……」

「ザイエンガロス——天の御使《みつか》い、神の剣よ！」

タラソナが両手で何かを握るような仕種《しぐさ》をすると、そこに光が集まりだした。光は十字の鍔《つば》を備えた剣のような形をとり、しかも、刻々と剣身が伸びてゆく。

「……また見たことないやつだ」

彼はやむをえず剣を抜いた。この剣に由緒などない。古くはなく、そう新しくもない。前に持っていた剣の傷みがひどかったので、とくに腕のいい鍛冶に打ってもらったというわけでもなく、立ち寄った鍛冶屋に見本として展示されていた剣の中から適当に選んで購入した。

タラソナを浮かばせていた光の風がふっと消失した。光の剣を振りかぶり、彼女が落ちてくる。

「恥を知りなさい、勇者様……！」

「それなりに知ってるつもりなんだけど――」

彼は剣に秘術をまとわせた。彼女の落下と、振り下ろす勢いをのせて、長大な光の剣が迫ってくる。

「うっ――」

蛙《かえる》が何か言いかけた。

光の剣が秘術の剣と接触した瞬間、彼は悟った。

これでは防げない。

9話　幻影が問う

魔術師フォーネットを知っているか。

ひょっとしたら聞き覚えがないかもしれない。

いやしくも魔術師たる者は、魔術を学び、研究、研鑽《けんさん》して、ひたすら高みを目指す。何に関心があるかといえば一に魔術、二に魔術、三にも四にも魔術だ。ゆえに魔術師たちは
魔術師を知るが、市井の人びとは決してそうではない。

魔術というものが現にあり、ときに恐ろしい破壊をもたらす、といった程度の認識は、誰にでもある。

魔術と称する奇術のたぐいは、多くの者が目にしている。

魔術師を騙《かた》る旅芸人は少なくない。

拙い魔術を奇術のように用いて小銭を稼ぐ、半端以下の嘆かわしい魔術師もいる。

歴史上、何人もの魔術師が、王やその反逆者に荷担し、彼らを助けた。しかしながら、それらの事跡がありのままに語り継がれることはない。誇張されるか矮小化《わいしょうか》されるかして、歪曲《わいきょく》され、噂話《うわさばなし》や演芸人たちの見世物、物語として世間に消費されるのが常だ。

かつてないほど人びとが実際の魔術を目の当たりにするようになったのは、西の王による侵略以後だろう。

つまり、ここ十年足らずだから、ごく最近のことなのだ。

西の王の軍は、ひたひたと押し寄せて人類国家の境を次第に侵したのではなかった。彼らはあちこちの村落を同時多発的に奇襲し、人びとを殺戮《さつりく》した。西の王に従った大海《たいかい》の竜王は、麾下《きか》の竜人たちに竜を使役させ、いくつもの港町を次々と壊滅させた。交通の要衝であったり、文化や経済の中心であったりする人類の都市が、相次いで包囲された。

国家元首や諸侯は軍隊を編制して防衛にあたったが、とても手が回らなかった。王や貴族、宗教指導者が必ずしもあてにならないとなれば、自衛するしかない。

血気盛んな青年はもちろんのこと、年若い者や老いさらばえた者ですら、家族や友人、隣人たちを守るため、槍《やり》や剣、鍬《くわ》や棒切れを手に取って戦った。

本来、世の動きには無関心な魔術師たちでさえ、人びととの戦いに加わった。

騎士と兵士たち、そして民衆までもが魔術師と共闘するという物語中の絵空事が、そこかしこで現実のものとなったのだ。

しかし、フォーネットは違う。

彼は魔術師が物語から現実へと進出する前の時代を生きていた。彼もある王と浅からぬ繋《つな》がりを持っていたが、人前で魔術を披露することはほとんどなかった。魔術を追究するため、様々な便宜を図ってもらうべく、ひそかに王を助けることはあった。その逸話が物語の種になることはあったとしても、彼が表舞台で華々しく活躍することはなかった。

フォーネットは二頭立ての馬車に乗る御者として、パルパの村に現れた。

青い羽根飾りのついた漆黒の帽子を被《かぶ》り、真っ黒い衣を身にまとったその御者は、いかにも怪しげだった。そもそもパルパは小さな村で、街道からも遠く離れている。たまに見かける余所者《よそもの》といったら、街からやってくる行商と、領主の使い、あとは、村はずれに住む変わり者のアーンビーという爺《じい》さんの客人くらいのものだ。御者はそのどれでもなく、そう年寄りでも、若くもなさそうだった。初めのうちはゆったりと馬車を進ませ、御者台の上から村を観察していた。そのうち馬車から下りてぶらつくようになった。

村人たちは当然、警戒した。御者に直接、何用か、何者なのかと問い質《ただ》した村人もいる。ところが、御者と少し口をきくと、ああそうか、と納得して戻ってくる。どうだった、と他の村人が問えば、ああ、そうだな、うむ、そうだ、と要領をえない。それでいて、やはりどうも怪しい、男衆で取っ捕まえてしまえ、という話が持ち上がると、いやいや、と止めようとする。あれはそう悪いものではない、と言うのだ。さりとて、何か根拠があるわけでもない。とにもかくにも、悪いものではない。その一点張りなのだ。

御者はネルという少年のもとにもやってきた。その竈《かまど》の奥でくすぶる残り火のような目で見つめられた瞬間、少年の運命は決したのかもしれない。

明くる日、少年は馬車に乗っていた。

フォーネットの馬車は速かった。馬車を牽《ひ》く青鹿毛《あおかげ》の馬たちは二頭とも並ではなかった。馬体はさして大きくないのに、その歩みはどこまでも力強く、汗もさほどかかずに疲れ知らずだった。風のように走っても、フォーネットの馬車はそこまで揺れなかった。

「母親には何も話さなくてよいというからそうしたが、本当にあれでよかったのか」

フォーネットが御者台で振り返って少年に尋ねた。

「あんたは僕の代わりに金貨と銀貨を残した。あれだけあれば、当分暮らしには困らないだろうし、母さんも妹も幸せになれる」

「おまえがそれでよいというのなら、私はかまわんがね」

魔術師フォーネットの弟子は、パルパの村のネルだけではなかった。

フォーネットという男は大陸中を巡り、これと見込んだ子供がいると、たいていは親に大金を渡して引き取った。彼がその生涯で何人の魔術師を育てたのか、そして何人育て損なったのか、ネルは知らない。ともあれ、当時はネルを入れて三人の弟子を手許《てもと》に置いていた。手許といっても、フォーネットは各地を周遊していたので、弟子三人を絶えず連れ歩いたわけではない。あの魔術師は複数の隠れ家を所有していたし、彼に仮住まいを提供する友人にも事欠かなかった。フォーネットの馬車に弟子が三人とも乗っているとなると、それは非常に稀《まれ》だった。

「魔術師には、心、知、体が備わっていなければならん」

機会があれば、師は御者台から弟子たちに講義をした。

「まず精神が安定しておらねば魔術の探究などおぼつかない。頭の出来はやはり悪いよりもよいに越したことはなかろう。よければよいほど助けになるからだ。健康でなければ先の長い道を歩むことができん。もっとも、健康に関しては、古今東西の養生法を駆使することによってある程度、補完しうる。よって、先天的な疾病などにより長生がとうてい望めない場合を除き、私は心と知を重んじて才のあるなしを見るのだ。おまえたちには才がある」

「知というのは？」

ネルではない弟子の一人が師に問うた。

「頭がよいというのは、ようするにどういうことなのでしょう？　知の本質とは何なのですか？」

「それをそのまま、おまえたちへの問いにしよう。知とは何か？」

「好奇心じゃないの」

一人の弟子はそう答えた。

「知らないもの、わからないものに対して、それは何だろうと思う。知りたい、解き明かしたいと感じる。これが知の源泉で、根本なんじゃない？」

「突き詰める姿勢ではありませんか」

別の弟子はこう答えた。

「たとえば人以外の獣だと、その場その場で何か感じたり考えたりすることはあるでしょうが、一つの事柄にこだわって考えを深めたりはしないでしょう」

「比べること」

ネルの答えはそれに尽きた。

「あれとこれは似ているとか、似ていないとか。違うとしたら、どこがどう違うとか、どれくらい違うとか。僕らの知はすべてそこから始まっている。比べることで僕らは世界を認識し、分類して、理解する。比べないと創造することはできない。比較対象は多ければ多いほどいい。知の本質は、比べることだよ」

「おまえはそれをどうやって学んだ？」

「あんたから教わったんじゃないことだけはたしかだ、フォーネット」

請えば何でも教えてくれる師ではなかった。答えるよりむしろ、弟子に問いかけることを好んだ。

「精霊とは何か？」

師の問いに、一人の弟子が答えた。

「特定の現象や事物と結びついている霊的な存在のことです。千の精霊という言い方をしますが、実際には三千以上、三千三百五十七の精霊が知られており、魔術師たちがまだ把握していないものの実在する精霊は、その十倍とも、百倍とも考えられています」

「模範的な回答だな」

師は明らかに不満そうだった。模範的とは、型通りで独創に欠けるという意味だ。別の弟子が異なる見解を示した。

「特定の現象や事物と結びついてるっていうのが、そもそも解《げ》せない。蝋燭《ろうそく》の火の精霊もいれば、松明《たいまつ》の火の精霊もいて、暖炉の火の精霊もいるでしょ。どれも火なのに。じゃあ、暖炉ができる前は、暖炉の火の精はいなかった？　人が蝋燭を発明した途端、蝋燭の火の精霊が現れたってこと？　結局、どれも同じ火の精霊なんじゃないの？」

「精霊はいない」

ネルはこう答えた。

「精霊の働きと見なしている何かはある。その何かを解明できないから、精霊という霊的な存在をでっちあげて、そのおかげだってことにしているんだ」

「精霊はいる」

師がめずらしく断言した。

「便宜的な精霊と、根源的な精霊がな。便宜的な精霊は意思を持たず、根源的な精霊は意思を持つ。それを感じとれなければ魔術の使い手にはなれん」

「火を噴く山に意思があるのか？　地中に渦巻く溶岩が地表に溢《あふ》れ出《で》ているだけでも、人は意思を感じるものだろ。あんたはそれを感じとってるわけじゃなくて、感じとっていると思いこんでるだけかもしれない」

「植物に意思はあるのか？」

　師はネルに問うた。

「意思っていうのが曖昧なんだ」

　ネルは言葉を返した。

「何をもって意思とするのか。植物も種をばら蒔《ま》いて子孫を殖やし、残そうとしていると考えることもできる。だとしたら、動物と変わるところはない。動物は一般的に意思があると思われている。従って、植物にも意思があるってことになる。でも、植物はただ種をばら蒔いて子孫を残しているだけなのかもしれない。その場合、現象だけがあって、意思はない」

　師がうっすらと笑った。

「すると、その現象に結びついた精霊が現れる、か」

「僕らが意思もなく行っている、たとえば呼吸や発汗にも、精霊は宿るのか？　意思っていう働きを分解していったら、いつかは精霊の領分になるのか？　フォーネット、あんたが言うように精霊がいるとしたら、だけどね」

古今東西の養生法とやらの成果か、フォーネットは年齢不詳で、髪も髭《ひげ》も黒かった。出生について自ら語ることはなかったが、いくつかの手がかりから推測するに、まず間違いなく百年以上生きていた。彼は天性の全《まつた》き魔術師であり、まさしく魔術のために生きていた。魔術師たちはいつしか彼を大魔術師と呼んだ。

馬車を走らせ、老いを置き去りにして、大魔術師フォーネットが突き進むは、世界中のどの街道でもなく、ひたすら魔術の道、いわば魔道だった。

フォーネットはパルパのネルを指導しなかった。ただ事あるごとに問答の相手にした。隠れ家に溢《あふ》れる蔵書はいくらでも読むことができた。新たな書物が手に入ったら、まずネルが目を通した。大魔術師は魔術にまつわる遺物を大量に秘蔵していた。ネルはそれらにも制限なくふれることができた。各地の有力者や富者がしばしば大魔術師に秘宝の鑑定を依頼した。そのような折、同伴する弟子はたいていネルだった。

あるとき、フォーネットは唐突に出不精になった。

同じことを二度、言うようになり、ネルがそれを指摘すると、三度は口にしなかったが、ひどく不機嫌になった。

部屋に籠もり、大量の羊皮紙や紙に乱雑な筆跡で同じ文言を繰り返し書き殴った。

髪と髭、眉に白いものが交じりはじめた。

白髪はどんどん増え、皮膚はあっという間に皺《しわ》だらけになった。

歯が次々と抜けた。

大魔術師は常に憤っていた。口を開けば弟子を罵倒しそうになるので、どうにかこらえていた。ネルにはそれがわかった。

ごく短い間に老いさらばえ、ついに忍耐しきれなくなった大魔術師は、隠れ家の一つであるゼフィアロ塔から身を投げた。

ネルは大魔術師フォーネットから何も学ばなかった。

いいや、たった一つ、師から学んではならない、ということだけを学び、魔術師にはならなかった。

パルパネルが操るのは魔術ではない。

あくまでも秘術なのだ。

タラソナが振り下ろす光の剣を受け止めようとした剣にまとわせているのも、彼の秘術だ。秘術は秘術であり、個別の秘術に名はない。秘術にも仕組みがあり、構造があるが、それらは彼の頭の中にしか描かれない。

ある秘術が、数千の部品を特定の方法で組み立てたものだとしたら、各々の部品は数千の要素で成り立つだろう。

そうした要素を組み替えることで部品の質が変わり、部品の組み立て方を変えれば秘術も変わる。

この秘術で防げないのであれば、要素を変更し、部品を変質させ、別のやり方で組み立てて、違う秘術にしてしまえばいい。

「——おまえはそれをどうやって学んだ？」

とうに亡き師が彼に問う。
彼は師の幻影に答える。
あなたから教わったんじゃない。
それだけは間違いないよ、フォーネット。

10話　八十九

光の剣の圧力は大変なものだった。彼は剣に秘術をまとわせるだけでなく、衝撃を秘術でやわらげた上、全身を秘術で包みこんで保護しなければならなかった。そこまでしても、光の剣は彼の剣を大いに圧した。彼は立っていられず、片膝をつく羽目になった。

「ただ結婚……！」

タラソナは跳び下がった。着地するなり光の剣を振り回した。

「――するだけでいいのに……！」

「あぁ、もう……！」

彼は秘術をまとわせた剣で光の剣を受ける。

タラソナは右から左から、矢継ぎ早に光の剣を繰り出してくる。

彼は後退しつつ、剣を返し、逆さに立てて、光の剣を防ぐ。

「ただ結婚しないって言ってるだけなのに、なんでこんな目に……！」

「でしたら、おとなしく！」

タラソナが光の剣を手許《てもと》に引き寄せ、今度は突いてくる。

「結婚すればいい……！」

「しないよ……！」

彼は剣で光の剣をそらす。タラソナがすかさず突く。彼がいくら剣で弾《はじ》いても、どんどん突いてくる。もはや光の剣というよりも光の槍《やり》だ。あるいは矢だろうか。光の槍衾《やりぶすま》か、光の矢衾の様相を呈しつつある。

「パルパネルよ」

「何だ、蛙《かえる》。今、忙しい」

「何を遊んでいる」

「遊んでるように見えるか、これが」

「見えるな。そうやって戯《ざ》れているうちに、あの女があきらめると思うか」

「さあね」

「本気を出して、さっさと殺せ。ひと思いに殺してやれ」

「彼女は特別だ」

「何だ、貴様。やはり憎からず思っているのか」

「違う」

「そうか？」

「イズリヤ聖教にとって、神姫《かむなぎ》タラソナは特別な存在なんだ」

「それがどうした」

「厄介なんだよ、いろいろと――」

彼は光の剣を防ぐのをやめ、秘術で後方に体を吹っ飛ばした。そうして一気に数十メートルほども距離をとった。

タラソナは追ってこない。

光の剣が失《う》せた。

「モザニ――天の御使《みつか》い、地底への導き手よ……！」

彼女は左右の手で杯を作り、何かをすくい上げるような身振りをした。彼は仰天した。

「モザニだって……!?」

「地底の王か!?」

蛙もうろたえている。

神と呼ばれる存在で名高いものといえば、イズリヤ聖教における造物主ダナンがまず挙がるだろう。ダナンこそ、タラソナが神と呼ぶものだ。

太陽神ガーラ、夜の神モルド、月の神ヌーシュも有名だ。記録によると、この三神はダナンよりも起源が古い。

地底の王モザニもまた、古き神だ。別名は、冥神《めいしん》。死者の国を統治する存在とされ、多くの人びとが恐れながらも信仰していたようだ。

そして、モザニは実在したらしい。

神ではないだろうが、何か恐ろしい、巨大な力を持ったものがいた。それがもともとモザニという名だったのか、人びとがそれをモザニと呼んだのかは定かではない。ともあれ、たしかにモザニはいたようだ。

魔術師たちが古書や様々な証拠から明らかにした歴史によれば、預言者イズリヤはモザニを従えていたか、手を結ぶかして、その力を行使した。イズリヤが起こした最大の奇跡は、モザニによるものだと魔術師たちは考えている。

大地が鳴動しはじめた。

タラソナと彼を引き離そうとするかのように地面が割れた。

地割れにタラソナがのみこまれる。

彼は彼女に向かって手を差しのべかけた。

そのときだった。

地の底からそれが這《は》い出《だ》してきた。

ある地域では燃える黒い水が地中から産出される。それは、石油と呼ばれるあの黒い水をもっとねばねばさせたようなものだ。地割れに落ちこむかと思われたタラソナが、それに持ち上げられた。それはどろどろ、ぬらぬらとしていて、見る間に彼を遥《はる》かに見下ろす高さになった。

人のような形をしているとは言いがたいが、黒色の泥人形と言われればそう見えなくもない。

タラソナはその右肩の上にいる。立ってはいない。彼女は膝まで黒色泥人形の右肩に沈みこんでいる。

「これがモザニ……なのか？」

蛙《かえる》が呻《うめ》くように言った。

「さあ」

彼は首を振る。

「僕が読んだ古文書では、地底の暗闇を塗り固めた大いなる恐れ、と表現されていたけど。彼女が思い描く天の御使《みつか》いモザニは、あんな姿なんだろう」

「モザニよ」

タラソナが顎の前で両手を組みあわせた。

「救世の勇者を死の常闇へといざないたまえ」

黒色泥人形が前進を始める。すなわち、彼に近づいてくる。

嗅いだ覚えのある臭気が押し寄せてきた。腐敗臭。腐乱臭。慣れきってしまうと、奇妙に甘く感じる。

死臭だ。

「……しかし、どうやってこんなもの――」

タラソナが無自覚の魔術によってモザニらしきものを創出している。彼の仮説が正しければ、そういうことになる。ひょっとすると仮説は間違っていて、神姫《かむなぎ》はモザニと契約を交わしており、今、召喚したのではないか。

「おいっ、パルパネル――」

蛙《かえる》が慌てた。次の瞬間、強烈な死臭をまとう黒い泥濘《でいねい》が彼をのみこんでいた。

間一髪、秘術の膜によって全身を覆ったので、その黒い泥濘は彼にふれていない。しかし、膜の向こうは一面、黒い泥濘、モザニだ。彼と蛙はモザニに取りこまれている。彼も蛙も無事だが、完全に光が遮断されたこの閉塞感はなかなかのものだ。

「……たいした魔術師だよ。やりようによっては、西の王に対抗できたんじゃないか」

「い、息ができんのだが……」

「あぁ。本当だ。苦しいけど、まあ、死なないしな」

「死なんのであれば何でもよいというものでもあるまい……」

「何でもいいんじゃなくて、何もよくないんだよ」

いっそ、このままじっとしていようか。

そうもいくまい、と考えたわけではない。彼は動かなかった。彼女のほうからやってきたのだ。

タラソナはモザニの中に潜りこみ、死臭に満《み》ちた黒く重い泥濘を押し分け、掻《か》き分《わ》けて、ここまで泳いできたらしい。彼が張り巡らせている秘術の膜に、彼女はまず右手を、それから左手を押しつけた。そして、右手と左手の間に顔を突っこんだ。

彼の額とタラソナの額がぶつかった。

いや、接触してはいない。秘術の膜が彼と彼女とを隔てている。この膜はほぼ無色透明で、上等な紙よりも薄い。どの程度の大きさのものを通すか、彼が制御できる。現状では、空気すら入ってこない。出てゆくこともない。

彼女は額で彼の額を押した。鼻の頭を彼の鼻の頭にこすりつける。互いに鼻の形が歪《ゆが》んでも、やはりふれあってはいない。

血走った彼女の眼球が、文字どおり彼の目の前にある。

彼女の唇が彼の唇に押しあてられた。

しかし、彼と彼女はふれあっていない。

彼女は彼の唇をこじ開けようとする。彼女の息遣いを感じる。口づけをしているように錯覚することも可能だろうが、あくまでそれは錯覚でしかない。

「なぜです、わたくしは、こんなにも」

「すまない」

彼が思わず謝罪の言葉を口にすると、蛙が嘆いた。

「それは下策だぞ、パルパネル……」

果たして、タラソナは口づけの真似事《まねごと》どころか、彼の唇に噛《か》みついた。噛まれたようでも、そこに秘術の膜があるおかげで実際に噛まれてはいない。彼は痛みを感じた。しかし、それは結局、痛みらしきものでしかないのだろう。

「モザニよ！」

タラソナが憤怒の形相で叫んだ。

「力を与えたまえ！　さすればこの身を捧《ささ》げます！」

彼女が言い終える前に、彼は秘術を構築しはじめていた。魔術師たちが解き明かした歴史、魔術史上のモザニが、どれほどのおぞましい力を発揮するのか。それはこの際、どうでもいい。問題は、モザニが引き換えに要求するものだ。

預言者イズリヤはイズリヤ聖教の始祖であり、その名を耳にしたことがない者のほうが少ないだろう偉人だ。イズリヤの信奉者たちは、彼の言葉を神のそれと同一視して重んじた。もっとも、信奉者たちを惹《ひ》きつけたのは、イズリヤの熱心で巧みな説教や、彼が起こす現実離れした奇跡だけではなかった。

イズリヤという男は絶世の美貌の持ち主だった。老若男女を問わず、彼と敵対する者でさえ、見惚《みほ》れずにはいられなかったという。彼の弟子たちは皆、その似姿を浮き彫りにしたブローチを身につけ、いつ何どきも師を想《おも》った。また、弟子たちは競って似姿を師に近づけ、似せようとした。こうした似姿のおかげでイズリヤの容貌は現在まで伝えられ、広く知られている。かの預言者は、たしかに並外れて眉目秀麗だったらしい。

イズリヤはその稀有《けう》な見目形と引き換えに、生涯最大の奇跡を起こしたという。

「タラソナ……！」

彼はあえて秘術の膜の一部を解除し、素手でタラソナの額を鷲掴《わしづか》みにした。彼女の表皮、皮下組織、腱《けん》膜、骨膜、頭蓋骨を通して、脳に直接、秘術を及ぼさなければならない。さもないと、彼女を破壊してしまう。しかも、できるだけ急がなければならない。脳の構造はある程度、把握している。完全に、とはとても言えない。脳はあまりにも複雑すぎる。しかし、どう活動しているかは、秘術によって感じとることができる。活動している部位を止めるのだ。壊しはしない。一時的に停止させる。そんなことが可能なのか、とは考えなかった。ただ実行するのみだ。

「っ――……」

タラソナの呼吸が止まった。意識も途切れた。だが、モザニは消えてなくならない。死臭に満《み》ちた黒く重い泥濘《でいねい》は、彼と彼女とを押し包んでしまおうとしている。

だめか。彼女は息をしていない。心臓すら動いていない。それにもかかわらず、モザニは存在しつづけている。彼女の肌がぶつぶつと粟立《あわだ》ちはじめていた。彼女が変わろうとしているのではない。モザニが彼女を変えようとしている。

預言者イズリヤが台頭したのは、今から四百年以上前のことだ。知らぬ者とていない英雄バトゥークが、二十八人もの王を殺し、三十四ヶ国《かこく》を征服して大帝国を築いた。その最盛期だった。

大帝バトゥークの後継者は、自らを太陽神ガーラの化身であるとし、神帝と称した。民が神の代弁者と見なす預言者イズリヤは、神帝にしてみれば目障り以外の何物でもなかった。イズリヤ率いる弟子と信者たちの一団は、苛烈な弾圧を受けた。

ついにイズリヤたちはメリナという街で神帝の軍に包囲された。神帝は無情にも降伏すら認めず、住民ごとイズリヤたちをことごとく殺す命を下した。

全滅をまぬがれるには、神帝の軍を撃破するしかない。しかしながら、弟子と信者たちは逃避行の末に刀折れ矢尽きていた。メリナの住民たちは、軍隊と戦えるような武器など持っていない。

イズリヤはどうしたか。

メリナの城門を開かせ、たった一人で軍に立ち向かったのだ。

そのときイズリヤに力を貸したのが、天の御使《みつか》いモザニだったという。

「どうするのだ、パルパネル――」

蛙《かえる》が何か言っている。

彼はタラソナを抱き寄せ、死臭に満《み》ちた黒く重い泥濘《でいねい》に秘術を及ぼした。

『精霊はいる』

彼の師はそう主張した。精霊とは、特定の現象や事物と結びついている霊的な存在だ。意思を持たない便宜的な精霊と、意思を持つ根源的な精霊とに大別され、千の精霊がいると広く信じられている。魔術師たちは三千以上の精霊を把握しており、日々というほどではないとしても、新たな精霊が発見されつづけている。

師は正しく、間違ってもいた。

精霊はいる。

しかし、魔術師たちが言う、蝋燭《ろうそく》の火の精霊や、松明《たいまつ》の火の精霊、暖炉の火の精霊は、精霊の振る舞いを概念化したものでしかない。

彼の観測によれば、精霊は八十九種。それぞれの精霊には特質があり、特定の条件で他の精霊と結合し、様々な振る舞いを見せる。もしかすると、八十九種の精霊をさらに分割することも可能かもしれない。八十九種の精霊を形づくっているのは、もっと小さく、少ない要素なのではないかと、彼は推測している。

ともあれ、現時点で彼が操作しうる精霊は八十九種だ。たとえば、ある精霊とある精霊を組み合わせ、精霊体とでも称するべきものにして求める働きをさせるために、別の精霊体が必要となる。その別の精霊体を発生させるには、数種の精霊体による作用が不可欠だから、それらをまず用意しなければならない。

魔術師はある精霊と契約を結び、その精霊の力を借りる。もしくは、その力を行使させるために触媒を準備したり、ときには犠牲を捧《ささ》げたり、代償を払ったりする。

一連の過程で何が実行されているのか、大半の魔術師は理解していない。

ただ定められたとおりにそれを行いさえすれば、魔術や魔法と呼ぶ現象が起こる。

いわゆる魔術師は、ようするに魔術使い、魔法使いであって、それ以上のものでは決してない。

彼はすでに、いくつもの精霊体の作用によって、タラソナが召喚したモザニ、あるいはモザニもどきの成り立ちを掴《つか》んでいた。彼はモザニを構成するものを異化させることを選んだ。モザニを構成するもの、いわばモザニ細胞の一部を、精霊体の働きで別のものに置き換えることにより、灰褐色のごわごわした物体に変化させる。この異化秘術はモザニ細胞からモザニ細胞へと次々と伝播《でんぱ》してゆく。

もっと大規模で直接的な破壊をもたらす手も、あるにはある。だが、この異化秘術を選択したのは、彼がいちいち制御しなくても、モザニ細胞がすっかり異化するまで自動的に作動しつづけるからだ。モザニの処置はそちらに任せて、彼には別にもう一つ、やらなければならないことがあった。

タラソナの表皮が乱れて引《ひ》き攣《つ》り、水疱《すいほう》のような状態を呈している。彼女を構成するもの、彼女の細胞が、モザニ細胞と化そうとしているのではないか。彼は最初そう疑ったのだが、違う。どうもこれはまた別のものだ。彼は精霊体を駆使してそれを突き止め、食い止めなければならない。

「なんて面倒な……」

「だったら放っておけばよいではないか」

「うるさい蛙《かえる》だ。もうわかった。止められる」

「ご苦労なことだな」

「黙ってろ」

「ならば、黙らせるがいい。貴様にはたやすかろう」

「忙しいんだよ。今は、忙しい――」

11話　糾《あざな》えるものたち

天の御使《みつか》いなどではない地底の王モザニは、預言者イズリヤに力を与える代わりに、あるものを要求した。それは、地上にも地下にも並ぶものとていない、天上の神すら嫉妬したとも言われる、彼の美貌だった。

イズリヤはモザニとの取引に応じ、世にもおぞましい怪物に成り果て、神帝の軍を蹴散らした。いや、メリナの街の外は兵士たちの血肉で埋め尽くされたというから、単に蹴散らしたのではない。殺戮《さつりく》したのだ。実際、今でもその一帯を掘り返すと、労せず遺骨が見つかる。人骨がいくらでも出てくる。モザニの力を借りたイズリヤによる神帝軍の大虐殺は伝説ではない。れっきとした史実だ。

その後、イズリヤの弟子と信者たちは、血の海を渡ってメリナを脱した。

肝心のイズリヤはどうなったのか。

イズリヤ聖教の神聖教典では、イズリヤはモザニに身を捧《ささ》げ、それによって神帝軍を撃退したことになっている。つまり、弟子と信者、メリナの民を救うために、イズリヤは自分を犠牲にしたのだ。

もっとも、魔術師たちはこれを事実と認めてはいない。

神帝軍壊滅を境にして、ヒズラ、と呼ばれる怪物があちこちで暴れ回るようになった。ヒズラの爪痕と記録は各地に残っている。神帝はその対処に苦慮したようだが、人びとはもっと苦しんだ。

ヒズラに滅ぼされて消失した集落は五十以上に及ぶ。ダーレント、フィズニーなどの都市も大きな被害を受けた。

とある魔術師に討伐されるまで、ヒズラは百年以上に亘《わた》って人類の脅威だった。この怪物は数千人どころか数万人の命を奪い、それらの死骸を食い散らかすこともしばしばだったという。

「私もヒズラの名は知っているが、その正体がイズリヤだったとはな」

彼の肩の上で蛙《かえる》が鳴いた。

「ヒズラを倒したのは、あのサーマノークだろう?」

「そうだと言われている」

「始まりの大魔導師サーマノーク。魔術の祖にして、魔術師たちの生みの親。もしや貴様、サーマノークと何か繋《つな》がりがあるのか」

「僕はない」

「貴様は、ということは、直接的にはないが、間接的にはある、ということか」

彼は答えなかった。

パルパネルの師フォーネットは、誰から魔術の手ほどきを受けたのか。師は黙して語らなかった。だが、師の蔵書の中にサーマノークの手記があった。手記といっても内容は魔術の研究書で、その最後の頁《ページ》には、フォーネットへ、と記されていた。

あれが偽書でないとしたら、師はサーマノークから直接、手記という形の研究成果を託されたことになる。普通に考えれば、赤の他人ではありえない。

「やれやれ」

蛙《かえる》が嘆息した。

「今さら驚きはせんがな。ところで、その女は大丈夫なのか」

彼女は地べたに横たわっている。身にまとっていた外套《がいとう》と聖衣はひどく傷んでいたし、状態を確かめながら適切な処置を施す必要上、剥《は》ぎ取るしかなかった。もはや衣類とは呼べない汚れた襤褸《ぼろ》切れなので、あらためて着せることもできない。やむをえず、彼の外套で彼女の体をくるんでいる。幸いとも言えまいが、彼は大柄ではなく、彼女は小柄ではないから、大きすぎも小さすぎもしない。現状、露出しているのは、脛から下と、顔面から首の半ばほどまでだ。

「進行は食い止めたし、組織の損傷が激しすぎる箇所はできるだけ復元してみた。命に別状はない……はずだ」

「なかなかにおぞましい面相だな」

「言うなよ。人体をいじるのは簡単じゃない。よくあるんだ。下手にバランスを壊すと、病変して手の施しようがなくなったりとか。意外と自然治癒に任せたほうが、うまく治ってくれたりもするし」

「ここから元どおりになるとは、とうてい思えんが」

「僕にできる限りのことはした」

「いっそ――」

「何だ？」

「いや。やめておこう」

「蛙め……」

いっそ、死なせてやったほうがいいのではないか。

彼もそう考えなくはなかった。

彼女は聖職者で、熱心な神学者でもあり、正統的な教義のみならず、異端、異説にも通じていた。イズリヤがモザニと取引して醜悪な怪物ヒズラと化したという事実を、彼女も知っていたのだ。イズリヤ聖教の教義に反するその事実に基づいて、彼女はあの魔術を実現させた。あえて怪物に身を落とすことで、彼を、そして、自分自身を苦しめようとしたのだろう。

彼女を殺すべきではなかったのか。そうすることも、彼にはできた。むしろ、生かすよりも遥《はる》かに簡単だった。

「行方知れずの勇者を捜す旅に出た神姫《かむなぎ》が命を落としたら、どうなると思う……」

「それは、非業の死ということにはなるか」

「十中八九、利用される。神姫は殉教者に仕立てあげられるだろう。都合のいい犯人を教敵にすることで、教徒たちを団結させる。そんな動きが必ず起こる」

「ふむ。宗教であれ何であれ、人が集まれば政治はつきものだからな」

「だいたい、西の王亡き今、イズリヤ聖教の上層部にしてみれば、神姫さえ目障りだろう。消すことはできないけど、消えてくれたら助かる。勇者に殺されたなら万々歳だ」

「貴様が教敵に認定されるというのか」

「ありえない話じゃない。イズリヤ聖教の大教主は八卿国《はちきようこく》を動かせるし、大国のアビシアンやライマール、ザンタリスにも影響力を及ぼせる。もし大教主が、僕を討てと全教徒に大号令をかけたとしたら……」

「億万の軍に襲われても、貴様は死なんわけだしな」

「おかげで、殺されてやることもできない」

「人が死にそうだ。貴様以外の。煩わしいことだな。貴様はやはり、地の果てまで逃げたほうがよいのではないか」

「なんで僕が逃げ回らなきゃならないんだよ。重罪人でもあるまいし——」

彼は息をのんだ。

彼女の瞼《まぶた》が小さく震えたからだ。

程なく彼女が目を開け、深く呼吸をした。正直、彼は驚き呆《あき》れた。これほど早く意識を取り戻すとは思いもよらなかった。

しかも彼女は、腹筋に力を入れて上体を起こした。ただでさえ爛《ただ》れ、引《ひ》き攣《つ》れている彼女の顔が、よりいっそう歪《ゆが》んだ。

「……タラソナ、まだ寝ていたほうが」

彼は思わず声をかけた。

彼女は彼のほうを見ない。歯を食い縛って苦痛に耐えている。

「……なぜ」

ようやく絞り出された声は、低く掠《かす》れてひび割れていた。天の御使《みつか》いが奏でる楽器の音色にもたとえられた神姫の美声とは似ても似つかない。彼女も自分の耳障りな声音にいたく衝撃を受けているようだった。

「……なぜ……ですか……なぜ……わたくしを……地の底に……送って……くださらなかったのです……」

イズリヤ聖教の教えによれば、死した教徒の魂は、ナヘルの塔という場所で選別される。

正義の魂は塔を登って天上へと至り、神の御許《みもと》で永久の恵みを得るが、不義の魂は地底に落とされ、冥《くら》き八界《はっかい》で未来永劫《みらいえいごう》、終わりなき責め苦に遭う。モザニはこの地底にある冥き八界、地獄の番人とされている。

すなわち神姫《かむなぎ》タラソナは、彼の手による死だけではなく、死後、地獄に落ちることまで覚悟していたのだ。

彼はとっさに、すまない、と謝りそうになった。こぼれかけた言葉をのみこみ、代わりに重い息を吐く。

あのとき彼の迂闊《うかつ》な謝罪が彼女を逆上させた。危うく同じ過ちを犯すところだった。

「人に神姫とまで呼ばれるきみが、聖職を辞めたからといって、ただの一般人に戻れると思うのか。ましてきみは、僕を捜しに行くと大教主に話したんだろ」

タラソナは彼を見上げかけて、すんでのところで下を向いた。

「……話し……ました。あの魔王が、何者かに……討たれたのだとしたら……それは、あなたに違いない……あなたが、天に召されたとは……わたくしには、思えないと……」

「もしきみが死んだら、僕が疑われる」

「……それは……」

「疑うも何も、僕が思いとどまっていなかったら、そのとおりになってたわけだけど。それがきみの望みだったのかい」

「……わたくしは……決して……そんな……」

「でも、きっとそうなってたよ。きみだってわかってるだろ。大教主は僕を信じていない。彼だけじゃないけどね」

「……ですが……」

タラソナは外套《がいとう》の襟を掴《つか》んだ。彼女の手が、肩が、震えている。彼は彼女を憐《あわ》れんではいなかった。感心し、呆《あき》れてさえいる。彼女の魔術も尋常ではなかったが、なんという回復力だろう。さすがは神姫だ。とことん常人離れしている。

「……信じて……いないのは……あなたも、同じでは……ありませんか……共に戦った、わたくしたちの……ことを……心の底から……信じてくださりは……しなかった……」

「信じろと？」

彼は思わず声を荒らげそうになった。しかし、沸騰しかけた血液を一瞬で冷ますことなど造作もない。そもそも、彼の血と腸《はらわた》はこの程度の怒りで煮えくり返りはしないのだ。

「きみたちに悪意がないってことはわかってる。いつだってきみたちは、ただ守りたいだけなんだよ。自分自身を。そして、自分よりも大切なものを。愛する人たちを。その気持ちは僕も理解できる」

本当に大事なものを失わなければ、否《いな》、失うというよりも理不尽に奪われなければ、怒りで我を忘れたりはしない。

今の彼は微笑を浮かべることすらできた。何かを得たとは思えないが、彼にはもはや取り返しのつかないものなどない。かつてはあったとしても、とうになくなった。だとすれば、何も奪われていないに等しい。

「大教主に会うことがあったら、伝えてくれないか。僕を敵に回さない方法が一つだけある。僕にかまうな。絶対に捜したりしないで、放っておいてくれ。さもないと僕は、死んだ西の王が可愛《かわい》らしく思えるほどの大いなる災いをもたらすだろう」

タラソナはずいぶん長い間、うつむいて黙りこくっていた。

ようやく立ち上がっても、彼女は彼のほうに視線を向けなかった。彼女が歩きだし、彼は内心、安堵《あんど》したが、何も言わなかったし、身じろぎ一つしなかった。

悄然《しょうぜん》と頭《こうべ》を垂れて焼け野原に足跡を残してゆく彼女の姿を見て、あの神姫《かむなぎ》だと気づく者はほとんどいないだろう。聖衣を身につけておらず、髪の毛は乱れに乱れ、皮膚が破れ崩れているせいで、生来の目鼻立ちが判別できない。

これから彼女はどうするのだろう、とは考えないようにした。考えてしまうと、さしもの彼もいくばくかの動揺は禁じえない。人並み外れた彼女ならたぶん治るだろうが、治らなかったら無残なことだとも、思わないようにした。

「もとはと言えば、自業自得だしな」

肩の上で蛙《かえる》が鳴いた。その鳴き声が嘲笑《あざわら》うような調子に聞こえなくもなかった。

「……あの戦いは、彼女にとっても負担が大きかったんだ。どの戦場でも、すごい人数の兵士を看取《みと》ってきたわけだし。救いきれなかった人もたくさんいたしな。必ずしも、僕のことがどうとか、そういう話じゃないと思うよ。彼女も人間だ。神姫でいつづけるのが、つらくなったんだろ」

「いやに肩を持つのだな。ようするに、貴様は情にほだされたのだろう。あの女を殺すわけにはいかなかったというより、どのみち貴様は殺せなかったのだ」

「どうとでも言え。所詮、蛙の解釈でしかない」

「結婚ぐらいしてやればよかったではないか」

「ぐらいじゃないだろ。結婚なんて話になったら」

「たいしたことではあるまい。あの女が死ぬまで辛抱するにせよ、たかだか数十年だ。貴様が真実、不老不死なら、過ぎてしまえば一瞬だろう」

「それはそれでさ。だって、僕はずっとこのままなのに、相手だけ年をとっていくっていうのも……」

「憐《あわ》れだとでも？　やはり情があるのだな。仇《あだ》にならねばよいが」

「……仇って」

「今はああやって振り返りもせず去ってゆこうとしているが、あの女、並大抵ではあるまい。いずれ傷も癒えて元気になるぞ」

「いいじゃないか。治らないよりは治ったほうが、そりゃ……」

「意気軒昂《いきけんこう》として舞い戻ってくるかもしれん」

「……いや、ないだろ。来ないって。ほら。一度もこっち見ないし。ないよ、それは」

「果たしてそうかな。貴様、女遊びにはずいぶん精を出してきたらしいが——」

「出してないし。心外な」

「寄せくる女どもを適当にあしらっていただけだと言いたいのか?」

「あしらうって。言い方がさ。露骨すぎるっていうか……」

「何にせよ、それなりに交わってきたわりに、貴様は女というものを知らん」

「蛙《かえる》に言われたくない」

「もとは女だからな」

「死人じゃないか」

「その前は生きていたのだ」

「死んでからのほうがずっと長いだろ」

「私にたたくような口を、生きている女に向かってきいたことがあるか?」

「……相手が蛙じゃなかったら、少しは気を遣うよ」

「本音で女と付き合ったことがないということだろう?」

手を伸ばして蛙をひっつかまえ、握り潰してやろうか。

彼は舌打ちをした。図星を指されたわけでもあるまいし。図星などではないとも言いがたいのだが。女性に限らず、何の目論見《もくろみ》もなく彼に接近してくる者はきわめて少ない。もしくは、絶無だった。

「しかし……家はちょっともったいなかったな。どうせまた建てるつもりだったし、いいけど……」

「気になるのは、仮に建てた家だけか？」

蛙にそう問われるまで、彼はすっかり失念していた。

「……あ。天使」

「逃げ遅れていたら、黒焦げになっているだろうな」

「まあ、そうだな……でも、腐っても何とか、みたいな。堕《お》ちても天使だし――」

彼が思うに、天使は神の分身なのだ。死にはすまい。

「何ともなかったら、そのうち戻ってくるだろ」

「無事であれば、な」

「……ていうかさ。無事じゃなかったら、何だっていうんだよ。もともと勝手についてきて。あんなの、いなきゃいなくても。いなくなってくれたほうが、せいせいする――」

タラソナがまったく見えなくなるまで、彼はその場から動かなかった。

天使は帰ってこない。

「でも、こんな有様だし、次の家、ここには建てられないじゃないか。焦げ臭いったら。ほんとに……どうしよう……」

彼は呟《つぶや》きながら焼け野原をぶらついた。

決して何かを探し回っていたわけではない。ただ、あちこち歩いているうちに、ちょうど天使くらいの大きさの黒い物体が転がっているのを発見した。その形状も、背中に羽が生えた天使が膝を抱えて縮こまっている様子を思わせる。

「逃げ遅れたようだな」

彼の肩の上で蛙《かえる》が鳴いた。心なしか寂しげな鳴き声だった。

「……天使のくせに」

彼はため息をついてしゃがんだ。黒い物体はこんがり焼かれてからだいぶ経《た》っているらしい。さわっても熱くはなさそうだ。

「さわらないけ――ど……」

「おい、パルパネル、今――」

「あ、ああ」

蛙に言われるまでもない。黒い物体が動いた。一部ではない。全体が震えるように動いている。

「まさか」

彼は秘術によって黒い物体に刺激を与えてみた。衝撃というほど強くはない。揺り動かすような刺激だ。すると、黒い物体が震えるだけではなく、その黒いもの、煤《すす》と炭のようなものが、ぱらぱらと剝《は》がれ落《お》ちはじめた。

あとは早かった。黒いものがどんどん剝がれて、中から白いものが現れた。それは跳び上がって翼を広げた。

「焼けたぁー！」

はばたいた。

彼の頭上を飛び回った。

「あっちぃー！　あっちかったぁー！　生き埋めならぬ生き丸焼きにされる日が来るとは思いませんでしたよ、もう！　信じらんない！　くっそ、あぁーの超弩級《ちようどきゆう》変態ビッチめぇ、ぜってぇー許《ゆる》さねぇ！　どこ行きやがった、今度はこっちが焼き入れてやる！」

彼は瞑目《めいもく》した。天使は衣を着ていなかった。焼失したのだろう。それはそうだ。天使自身、語っているように、丸焼きになったのだから。それでも天使の本体は無事だったようだ。いや、どうだろう。彼は一瞬しか見なかったが、天使は一回り、小さくなったような。一回りだろうか。二回りくらいかもしれない。

「……ガワが焼けただけか」

蛙が呆《あき》れたように言うと、天使が怒鳴り散らした。

「おかげで、皮を被《かぶ》ってたわけでもないのに、一皮も二皮も剥《む》けちゃいましたよ！　なんてこったぁー！　肌がぁ、わたしの玉のような肌がぁ……もっと一段と、きれいに!?　生まれ変わってるぅー……!?　ということはぁ!?　これが!?　もしや、あの!?　災い転じて福となす!?　でも、なんっかぁ……ちっちゃくなってるぅー!?　もともとかわいかった天使のわたしが、ちっちゃくなってさらにかわいくぅー!?　こんなにかわいくなっちゃって、どうするの、わたし!?　いやあああああああぁぁぁぁぁぁぁぁー……！」

intermission

Part12

素直なままで

Palpanel makes clothes for the Angel.

Part13

棘のある花

Palpanel reunites with Gallo, Prince of Roses.

Part14

天は彼に与えすぎている

Gallo and Palpanel renew old friendship.

Part15

犠牲

What did he sacrifice?

12話　素直なままで

仕方なく最寄りの街まで飛んでゆき、自分用の外套《がいとう》、貫頭衣くらいなら作れそうな布地、針や糸、必要最低限の身の回り品に加え、調理器具と塩を調達して戻ってきた。

天使は焼け野原を望める丘の上に座りこみ、一人いじけていた。

背中から羽が生えており、頭の上に透明な輪が浮いているという異様な生き物ではあるものの、それを除けばせいぜい十歳かそこらの少女でしかない。以前は十二、三歳の背恰《せかっ》好《こう》だったのだが、丸焼きにされて本人曰《いわ》く一皮も二皮も剥けたせいで、若返った、という言い方は適切なのか。ともあれ、そのくらいの年頃の、しかも着る物とてない少女がぽつねんと座っている様子は、本来ならば憐憫《れんびん》の情をそそってやまないはずだ。もっとも、彼にしてみれば、見かけが少女なだけの天使を思いやる義理は微塵《みじん》もない。

「……今、服を作ってやるから。いいかげん機嫌を直せよ。そのあとで獣か何か獲《と》ってきて、煮るなり焼くなりして食べさせてやるし」

彼が声をかけても、天使は背を向けて座ったまま反応を示さない。

「まあいいや……」

　彼は荷物を下ろし、買い求めてきた布を広げた。外套の中に潜っていた蛙《かえる》が襟から顔を出した。

「少々甘いのではないか、パルパネル」

「何が」

「あんなもの、捨て置けばいい」

「あんなものって……」

「貴様に言うのも、というか、私が言うのも何だが、飲み食いせずとも死なんようだし、黒焦げになっても生きのびるような存在だぞ」

「神由来の天使だからな。普通じゃない」

「そうやって世話を焼くから、付け上がるのだ」

「世話っていうか、べつに……他にやることもないし……」

「他にやることがない、か。よもや貴様、そんな理由で人助けだの化け物退治だの、果ては西の王討伐だのに駆けずり回っていたのではあるまいな」

「暇潰しで勇者だの英雄だのになる馬鹿がどこにいるんだよ」

「では、何だ。善良さからくる親切心か。それとも、力ある者としての責任感か」

「……僕は善人じゃない。力は、まあ……ないなんて言ったら嘘《うそ》になるから否定しないけど、だから何かしなきゃとか、そんなふうに考えたことはないな」

「たとえば、私を封じたのはなぜだ」

「おまえは害悪だっただろ。恒常的な災害みたいな。蛙《かえる》にする前は呪いそのものだったし、いるだけで周りに呪いを振りまいて、大迷惑だったんだから」

「つまりところは人助けではないか」

「……頼まれたし。何か急ぎの用でもあれば断ったけど。あのときはなかったし」

「依頼され、都合がつきさえすれば、何でもするのか、貴様は」

「そんなわけないだろ。あのさ。元死人の蛙にはわからないか、もう忘れちゃってるのかもしれないけど、人として生きてると、いろいろあるんだよ。こう……しがらみとか、成り行きとか——」

蛙とくだらない問答をしているうちに、服らしきものが出来上がった。といっても、長い布を二つ折りにして両脇を程よく縫い、折り目部分に頭を出せる穴をあけただけだが、何もないよりはましだろう。

「……パルパネルよ」

「だから、何?」

「こんなものでも、裸でいるよりはましだと思っているのだろうな、おそらく」

「ましだろ。どう考えても」

「わざわざ街へ行ったのだから、布地ではなく服そのものを買ってくればよかったのだ」

「古着屋は一応のぞいたけど、どんなのがいいとか、よくわからなかったんだよ。新品だと仕立ててもらわないといけないだろ。でも、天使だしな。羽、生えてるし。仕立屋のところに連れていくのも。裸だし」

「それで手製の服を贈ることにしたわけか」

「贈るっていうか。間に合わせだよ、あくまでも」

「しかし、羽はどうする？」

「あぁ……そうか。忘れてた」

前に着ていた衣はどうなっていたのだろう。それこそ皆目見当がつかない。背中の部分を切り裂いてしまえば羽を出すことはできそうだ。しかし、着るときはどうなのか。

「わからない……わからないことだらけだよ。知るは畢竟《ひっきょう》無知を知るのみなりって、いつか誰かが言ってたけど、ほんとに……」

彼は手製の服らしきものを抱えて天使の背後に立った。

「天使。服、作ってみたんだけど。羽のところ、ちょっと、どうすればいいのかなって。着られそうにないとか、着たくないとかなら、とりあえず……僕の外套《がいとう》を羽織っておくとか。外套……また買ってこなきゃいけなくなるけど。いいか。そんな手間でもないし」

天使は下を向いている。

返事はない。

いつの間にか、日が暮れようとしている。天使は体をちょうど西に向けていて、地平線の彼方《かなた》に沈んでゆきつつある夕陽《ゆうひ》が眩《まばゆ》いばかりだ。

何か別の手を考えるしかない。彼は小さく息をついて踵《きびす》を返そうとした。

そのときだった。

天使がうつむいたまま、右手を後ろに突き出した。

「貸して……ください」

「え。何を？　貸す……って」

「服」

天使は右手を握ったり開いたりしてみせた。

「作ってくれたんですよね。ネルネルが、わたしのために。着るんで。一回着てみるくらいはしてあげてもいいかなぁって、思わなくもないんで」

「あぁ。でも、背中が。ほら、きみ、羽があるし」

「そこは大丈夫なんで」

「……そうなの？」

「わたしを誰だと思ってるんですか。天使なんですけど。そういうのは、天使の特性的なアレでクリアできちゃうんですよ。あたりまえじゃないですか」

「たとえ天上から追放されても、その特性とやらは失われないのか？」

蛙《かえる》が尋ねると、天使は勢いよく首を振り返らせた。

「いいから、人の古傷抉《えぐ》ってないで、さっさとよこせって言ってんですよ！　腹立つなぁ、もう！　ぷんすかぷんのぷんぷんぷんですよ！　デリカシーってもんがないんですかね、クソ・オブ・クソのクソミソがぁ！」

「今、言ったの、僕じゃないんだけど……」

「知ってますってば、そんなことくらい！　でも、ネルネルには蛙さんの製造責任があるわけなんで、蛙さんの地雷発言にネルネルは無関係なんていう、虫のよすぎる理屈は通らないんですよ！」

「僕は蛙を製造したわけじゃ……」

「はっ、やっ、くっ！　服をよこせぇー！　こんなかわいい女の子を、いつまで素っ裸にしとくつもりなんですか！　常識は！　人の情はないんかぁーい……！」

「わかったって」

彼は天使の右手に服らしきものをのせると、後ろを向いた。天使がごそごそと何かやっている。服らしきものを着ているようだ。

「……どう？」

「待って。見ないで。だめですからね、まだ見ちゃだめなんですから！」

「見ないよ……」

「なんで見ないんですか。そこはチラ見くらいはしなきゃだめなところじゃないですか、ネルネルのばかぁっ！」

「めんどくさいなぁ……」

「はい、オッケーです、もう着たんで！」

「罠《わな》じゃなくて？　僕をハメようとしてない……？」

「してませんてば！　誰がいきなりハメドリなんかするもんですか！」

「ハメ……？　何？　鳥？」

「ええと、それはですね……って、そんな破廉恥な用語の解説させようとすんなぁー！」

「破廉恥なんだ……」

「もう着たって言ってんでしょお!?」

彼が振り返ると、果たして天使は服らしきものを身にまとっていた。目測で定めた寸法は、おおよそ問題なかったようだ。膝丈で、身幅はやや大きいが、ちゃんと両腕が出ているし、襟ぐりも窮屈そうではなく、いくらか余裕がある。

「ほう」

蛙《かえる》が息をついた。

「思ったより、妙ちきりんではないいな」

「まぁーねぇー」

天使は髪をかき上げ、一回転してみせた。背中の羽は服の中に収まっていない。着る際に羽用の穴をあけたとは思えないのに、しっかりと外に出ている。天使の特性とやらの賜《たま》物《もの》なのか。

「着てるのがわたしですから。なんせ、かわいすぎなんで。わたしが着ると、何でもかんでも似合いすぎて、かわいく見えちゃうんですよね。こんなにかわいいと、ある意味、罪だなって。思っちゃいますね、正直」

「……想像を絶するほど妙ちきりんではないというだけで、大半の者が二度見する程度には奇妙だぞ」

「蛙さんたちでもつい二度見しちゃうくらい、かわいいってことですよね。しょうがないですよね。かわいいのはねぇ。中身がよすぎるからなぁ。服がどうとか、そういう問題じゃないんですけど。ただ、でも？　これはこれでねぇ？　意外と悪くないような？　見慣れると、独特のかわいさが醸しだされてくるデザインだったりしますね？　ふふふんっ。まま、ネルネルがわたしのために愛情と丹精込めてつくった服なんですから、文句は言わないですよ。わたしも鬼じゃないんで。鬼じゃなくて天使なんで」

「存外、嬉《うれ》しそうではないか」

「嬉しいなんて、ひとっことも言ってないんですけどぉー。ぜんっぜん嬉しくないんですけどぉー。これっぽっちも喜んでないしっ。喜ぶわけねーしっ。ばーか、ばーか、ばか、ばかばかばーか！　こぉーの、ばかちんどもがぁーっ！」

「とりあえず、僕はなんか獲《と》ってくる……」

もっとも、秘術を駆使しさえすれば、若い牡鹿《おじか》を見つけて仕留《しと》めるくらい、彼には造作もない。苦痛を感じる間も与えず息の根を止めて血抜きした牡鹿を担いで丘に戻ると、まだ日が落ちきっていなかった。

「はっやっ……！」

天使に引かれたが、彼は頓着せずに火起こしをし、牡鹿の調理に取りかかった。手近な樹木の枝に吊《つ》り下《さ》げて内臓をそっくり取り出し、皮を剥《は》いで、解体する。このくらい、あっという間だ。

「手慣れたものだな」

蛙《かえる》が外套《がいとう》から顔を出して感心している。彼を何だと思っているのか。

「それなりに長い間、一人で生きてきたからね。こんなふうになるまでは、ちゃんと食べてたし。味はまあ、まずくなきゃべつにって感じだけど」

「わたしはどうせならおいしいものが食べたいですよ。前に、カランドールでしたっけ。あの街に行ったときに食べたの、何だっけな。ええと……思いだせない。たいしたことなかったから？　とにかく、あれよりはおいしいのがいいです」

「塩を振って焼いちゃえば、肉だって魚だって、それなりに食べられるんだよ」

木の枝に鹿肉をぶっ刺して、適当に塩をこすりつけたら、焚《た》き火《び》で炙《あぶ》る。経験上、火からの距離を調節し、多少時間をかけて焼いたほうが失敗しないことを彼は知っている。それから街で鉄鍋を買ってきたので、これを用いて、食べられる野草、果実、根菜と一緒に、鹿のレバー、肉を煮てみることにした。あとで塩をぶちこんで味つけすれば、なんとなくそれっぽいものになるはずだ。

石で即席の竈《かまど》を作り、その上に鍋をかけた。

焚き火の前に腰を下ろして串焼きの焼き加減を観察していると、隣に天使が座った。

「は、や、く。は、や、く。は、や、く。は、や、く……」

「急《せ》かすなよ」

「こんなまだるっこしいことしてないで、得意の秘術でぱぱっとやっちゃえばいいじゃないですか」

「できなくはないけど、意外と加減が難しい。なんか疲れてるし……」

「ネルネルは不老不死なのに、ですか？」

「少なくとも、常に元気一杯ってわけじゃないみたいだな。きみだって、不死っぽいけど、焼かれてちっちゃくなったじゃないか」

「謎ですよねぇ。神の御業《みわざ》は摩訶不思議《まかふしぎ》です。神秘ってやつですかね。でも、お肉とか食べたりすると、また成長できそうな気はします」

「だといいね」

「ネルネルとしても、わたしが色気むんむんのアダルティーなレディーになったほうが楽しめるでしょ？」

「そういうの、いらないから」

「ちぇっ。んだよっ。つっまんねぇー。モテ期の果てに無限賢者タイム突入で聖人君子気どりかよっ」

「ところで、本当に成熟した女がここにいるぞ、パルパネル」

彼の肩の上で蛙《かえる》が鳴いた。

「一つ私を元の姿に戻してみんか。こう見えて、包容力も並大抵ではない」

「おまえは熟しすぎてて腐乱するどころか朽ち果ててるだろ、肉体的には……」

「真の私は、言わば精神体だ。貴様、肉欲には溺れ尽くして飽き足りているのだろう。求めるのは精神的、霊的な慈愛や救済なのではないか。私ならばそれを与えてやれる」

「呪いそのもののくせに、よく言うよ」

「愛と呪いとは表裏一体なのだ。愛なくば呪いもない。突き詰めれば、呪いこそが究極の愛の形であるとも言える」

「論理もへったくれもないな……」

「いやいや！」

どういうわけか、天使が蛙に荷担して反論した。

「愛と呪いは表裏一体、呪いは愛で、愛は呪い！　なかなか深い話じゃないですか。ですよねぇ。やっぱり愛ってそういうとこありますもんねぇ。わかるわかる。わかるなぁ」

「こちらはそろそろいい具合なのではありませんか、救世の勇者よ」

何者かが地面に刺していた牡鹿《おじか》の串焼きを一本抜き、彼に向かって差し出してきた。

彼はそれを受けとり、自分の目で焼き具合を確かめた。表面は焦げ、水分が抜けている。焼きすぎのようでもあるが、これくらい焼いたほうが臭みが抜けて、少々硬くてもかえって食べやすい。

「ああ。よさそうだ。ほら」

彼はその串焼きを天使に渡した。

「むおっ？　わたしが食べていいの？　ファースト？　もしかしてレディーファーストってやつですか？　へぇ？　いいところあったりするんですね、ネルネルにも。ネルネルのくせに――」

天使は串焼きにかぶりついた。

「あんぐっ。かってぇー、これ。んでも……うん……おおっ？　味が……濃ゆいっ。濃厚、ですね……あむあむ……むむむむ……噛《か》めば噛むほど、こう、何でしょう、旨味《うまみ》？　的なものが……って――」

天使は串焼きを削《そ》ぐように噛《か》みちぎり、咀嚼《そしやく》することをやめはしない。しかし、目を瞠《みは》って焚《た》き火《び》の向こうを見ている。

「うむ……」

蛙《かえる》が警戒するように何度か鳴いた。

彼はとっくに気づいていたので、微塵《みじん》も驚いてはいない。何なら、その者が足音を忍ばせ丘を登ってきて、焚き火の向こうに片膝をつくまでの一部始終を、彼は見届けていた。

とうに日は落ち、夜の帳《とばり》に紛れやすい黒装束をその者は身につけている。隠密《おんみつ》行動の技術は大変見事だ。もしその者が背後から迫れば、彼といえどもある程度は接近を許《ゆる》してしまうかもしれない。

「おっ……」

天使はごくっと咀嚼していた鹿肉をのみこんだ。

「狼《おおかみ》女……！」

「狼人《ルーロン》だよ」

彼は落ちついて訂正した。その者の種族は犬のような耳を持ち、尻尾まで生えているが、人類の一派と見なされている。

「アダツミ。一別以来だな」

呼びかけると、アダツミは頭を下げた。

彼は地面に刺してある串焼きを手に取った。これも十分に焼けている。彼は串焼きをアダツミに差し向けた。

「どうだい。きみも」

「せっかくですが、遠慮いたします」

「だろうね。きみが人前で何か口に入れるところを、僕は一度も目にしたことがない。今回は挨拶しに来たわけじゃないだろうな」

「はい。お迎えに上がりました」

「きみの雇い主が僕に会いたいと？」

「本来であれば、我が君《きみ》が出向くべきところですが、そうもゆかぬ事情がございます。救世の勇者ほどの御方《おかた》でしたら、申し上げずともご理解いただけましょう」

　彼はため息をついた。

「……そうだな。薔薇《ばら》の王子が、お忍びで国境を越えるわけにもいかないだろう」

13話　棘《とげ》のある花

アビシアンの辺都《へんと》キャトムーンまでの道行きは長旅になった。

彼一人飛んでゆくのならすぐだが、秘術による高速飛翔《ひしょう》移動はかつての仲間にも披露していなかった。今後も自ら進んで手の内を明かすつもりはない。

仮の家を建てた大天蓋の麓はライマール領の端に位置しており、アビシアンはライマールの隣国だ。隣り合っているからといって、常に親しく付き合うわけではない。それが国家というもので、たまたま利害が一致すれば手を組むが、一方の利益が他方の不利益になることもめずらしくはない。西の王との戦いのために手を結んでいた間でさえ、全面的な友好関係が保たれていたわけではなかった。

アダツミは何台もの馬車を用意して彼と天使をしばしば乗り換えさせ、複雑な経路でライマール領内を移動させた。天使についてはとくに何も訊《き》いてこなかった。ただ羽を隠せるような衣類を用意してくれた。

彼としては、蛙《かえる》はともかく天使を連れて来たくはなかったのだが、居残るのは退屈すぎるとたいそうごねられたし、小屋すらない焼け野原に捨て置くとなるとさすがに気が引けなくもなかった。天使を名乗る稀少《きしょう》な有翼人種の戦災孤児だとアダツミには説明しておいたが、彼女がどう受けとっているのか定かではない。おそらく、じつは本物の天使なのだと彼が明かしたとしても、彼女はただうなずいてみせるだけだろう。

陸路での移動が終わると、河港で船に乗りこんだ。このミラという大河の、こちら側はライマールで、対岸はアビシアンだ。

もっとも、船は直接向こう岸には行かず、ミラ川を下っていくつかの河港に停《と》まり、そのあとでようやくアビシアン領のサッドという河港に辿《たど》りついた。

サッドで一泊し、馬車でさらに半日進むと、田園地帯に入る。

途中、また一泊し、一日かけて田園地帯を抜けた先に立ちはだかる城壁が、キャトムーン最外郭だ。

「……ふえぇぇぇ。でっけぇー街っすねぇ……」

天使が馬車の窓から首を出して言った。たしかにキャトムーンは大陸有数の大都市だが、あの神が住まう天上にいた者が感心するほどのものだろうか。

「アビシアンの王都ワドムーンはこんなものじゃないよ。キャトムーンの倍はある」

「なんでまたそんなにいっぱい人が密集して、クソでっかい街なんか築いたりするんですかね。住環境は悪化する一方でしょうし、伝染病とかも増えまくって、ろくなことないんじゃないですか。物事にはねぇ、何でもそうですけど、限度ってものがあるんですよ」

「言ってることはわからなくもないけど、きみがちゃんと理解して言ってるとはいまいち思えないんだよな……」

キャトムーン最外郭には八つの門がある。その先の外郭には六つ、中郭には四つの門があって、正門と裏門、二つの門を持つ城郭の内側がマウ城だ。

最外郭と外郭の間は下町、外郭と中郭の間は中町、中郭と城郭の間は屋敷町と呼ばれている。

彼と天使を乗せた馬車は下町を通り抜けて、中町の大きな旅館の前で停《と》まった。城まで行くのではないかと予想していたから、少々意外だった。

マウ城はキャトムーン侯という大貴族の居城だが、辺都《へんと》と呼ばれるようにキャトムーンは国境地帯にあり、一大防衛拠点だ。ライマールとの紛争中は、アビシアンの王がマウ城に入って軍の指揮を直接執ることもあるという。

アビシアン王は四侯七伯《よんこうしちはく》の任命権を持ち、騎兵を中心とした直属軍を擁している、強力な独裁者だ。キャトムーン侯はマウ城の主《あるじ》なのだが、王やその子息には城の御座《ぎょざ》を譲らなければならない。

とはいえ、その旅館もかなり豪勢な造りだった。美しく整えられた前庭の先に噴水が設《しつら》えられ、神殿のような石造りの建物に入ると、半球形の屋根裏が色硝子《いろがらす》や彫刻、絵画で飾られている。大理石が張られた床は鏡のようだ。

彼は王都ワドムーンの王城にも入ったことがあるが、規模は別として、同じくらい手が込んでいる。大陸でも有数の、最上級と言っていい旅館だろう。貴人や大商人、富豪しか利用できまい。

雇われ人というより執事めいた男に案内された部屋には、侍女のような女性たちが十人ばかりもいた。放っておいたら、湯浴《ゆあ》みだの着替えだのを手伝おうとするどころか、勝手に用意を進めて彼を素っ裸にしたあげく、湯を満たした浴槽に沈め、甘い香りのする石鹸《せっけん》で体中を泡だらけにしかねない。そして顔の産毛を剃《そ》られ、髪をくしけずられて、やたらと光沢のある絹の衣服などを着せられる。彼には異常だとしか感じられないが、それらは特別な奉仕ではない。ある種の人間たちにとっては、そうされるのがごくあたりまえなのだ。彼ら、彼女らは何の疑問も抱かずに、身繕いから食事、排泄《はいせつ》に至るまで、他者に依存している。

「悪いけど、きみたちの世話にはならない。出ていってくれ」

女性たちを追い出してしばらくすると、アダツミが部屋に入ってきた。彼女はいつもの黒装束ではなく、黒いドレスを身にまとっていた。れっきとした貴婦人にしか見えないので彼は驚いたが、彼女には呆《あき》れられた。表情と声音に感情を出すのは、彼女にしては非常に稀《まれ》なことだ。

「よもや、その恰好《かっこう》で我が君《きみ》と会われるおつもりなのですか、救世の勇者」

「わたしとしてはお風呂入ったり着替えたりしたかったんですけどぉ。年頃のかわいい女の子ですしぃ。ネルネルのばっかやろうがですね……」

「黙ってろ、天使」

彼は天使をひと睨《にら》みした。

「どんな恰好《かっこう》だろうと、文句を言われる筋合いはない。僕は何も頼んでないよ。あっちが僕に会いたいんだろう」

「百歩譲って、我が君だけでしたら、こうまで申し上げはしないのですが」

「……ちょっと待って。どういうこと？　ギャロだけじゃないのか」

「じつはシーディア様もいらっしゃっておいでです」

「ギャロの妹。あの――えぇ……」

彼は額に右手を押しつけた。

「ふむぅ？」

天使が斜め上に視線を向けて首をひねった。

「ギャロってのは、あれですね。アビシアン王ナーガン・イーザーのイケメン次男坊。国民のアイドル、見てくれだけじゃなくて頭脳明晰《めいせき》、運動神経抜群のバラバラ王子」

「薔薇《ばら》の王子です」

すかさずアダツミが訂正した。

「シーディア様は、長兄ファーゴ王太子、第二王子ギャロ様に続く、王位継承順位第三位の王女であらせられます」

「えーっと、アビシアンはたしか、王女が結婚すると王位継承権がなくなって、王女じゃなくなるんでしたっけ」

「はい」

「てことは、独身なんですね。そのシーディア様とやらは」

「ええ。おっしゃるとおりです」

「つかぬことを訊《き》きますけど、シーディア様は何歳なんですか？」

「当年とって十八歳であらせられます」

「まあ、まあ、王族だったらもう政略結婚してそうな年齢ですけど、西の王関連とかとか、いろいろありましたしねぇ。それどころじゃなかったって感じですかね？」

「縁談は多数持ち上がりましたが、いずれもまとまりませんでした」

「へぇ……？」

　天使が彼の周りをうろちょろしだした。

「薔薇の王子の妹なら、そうとうな美人さんですよね。器量よし、家柄よしなのに、縁談がまとまらず？　性格によっぽど難ありなんですかねぇ？　それともぉ？　王女のほうに、縁談を受けたくない理由でも……？」

「あのさ……」

彼はこらえきれなくなった。

「なんか、知識が偏りすぎじゃないか。知っててわざと知らないふりしてない？」

「えぇー？　なぁーんの、こ、と、か、なぁ？　わたしにはさぁーっぱり、わっかんないんですけどぉー？　で？　で？　ネルネルはそのシーディアちゃんに会ったことあるんですか？　どうなんですかぁ、そのへん？」

「……あるけど」

「一回？　二回？　三回ですか？」

「回数は……どうだっけな」

「覚えてないくらい？　めちゃくちゃ会ってるってこと？　マジでマジで？　会いまくってるってことですか？」

「会うとかじゃなくて、いたんだって。僕が、その……とどまってた場所に。慰問？　だか何だかで。それこそ、ギャロと彼が率いてたアビシアンの兵たちもそこにいたし。王女は幼い頃から人気があるみたいだから」

「ほうほうほう。そこで？　一目見た途端……？」

「何年も前だ。王女はまだ子供だったよ」

「とはいえ？　しかし？　そのあまりの美しさに？　つい手を出してしまい……？」

「出すわけないだろ。何だと思ってるんだ、僕のこと」

「女に見境のない色欲の化け物？」

「違うし、彼女とは本当に何もない。手を握ったことも――いや、手を握ったことくらいは……」

「あるんかぁーいっ。手は握ってるんかぁーい。だとしたら、違うもの握らせたりもしてるんじゃ……」

「何かのときに、ちょっと手を取ってとか、あるだろ、それくらいは。階段を降りるとか、そういう……それだけだ」

「必死に否定するのがねぇ。あっやしぃーんだよなぁ。必死すぎなんですよねぇ。怖い、怖い、怖い。やっぱりかぁー。ちっちゃい子にもいくんだなぁ。ネルネル。いっちゃうんだなぁ。恐ろし……」

「シーディア様が救世の勇者を見初《みそ》められたのです」

アダツミはもしかすると、助け船を出してくれたのかもしれない。それか、天使の暴走に嫌気が差して止めようとしたのか。

「以来、シーディア様はどの縁談にも興味を示されません。それどころか、断乎《だんこ》として拒否されるため、父王陛下もたいそう困惑しておられます」

「僕のせいじゃない」

彼は首を横に振った。つい思いきり振ってしまった。

「僕だって困ってた。手紙をもらったりとか、直接言われたりもしたけど、それとなく断ったし……」

「あぁーあ」

天使も首を横に振った。頭を揺するような振り方だった。

「よくないなぁ。よくないですよ、それは。よくない。よくない」

「……何が？」

「それとなくぅ？　断ったぁ？　あぁー……だめですね。それはだめです。断るなら、はっきり、すっぱり、もう嫌われてもいい、むしろ、嫌われちゃうくらい、がつっと断らないと。それとなくって、思わせぶりじゃないですか。逆に期待持たせちゃいますよ」

「いや、でも……だって、当時、アビシアンとは協力関係にあって、そこの王女だし。まだ子供だし、やっぱり気を遣うだろ。最低限。泣かれたりでもしたら、あれだし……」

「泣かせろよぉ！　かえって泣かせてあげないと！　ネルネルから見て子供でも、その子的にはマジの本気のジーマーだったんですから！」

「なんでわかるんだよ、そんなこと」

「わかるでしょーよ、そんくらい！　わかるっつーの！　いいですかぁ、涙でしか洗い流せない恋心っていうのもあるんです！　涙ほど強力なクリーナーはないんですから！」

「何だよクリーナーって……え？　ていうか――」

彼はアダツミを見やった。

「まさか、ギャロが僕に会いたがってるって、妹のことが関係してたりする？」

「それは――」

アダツミが口を開いて言いかけた。部屋の扉が勢いよく開いたのはそのときだった。

「勇者様……！」

一人の女性がドレスの裾を掴《つか》んで室内に駆けこんできた。

誰だろう。

一瞬、彼は識別できなかった。

それほど彼女は変わった。肩から胸元まで露出した華やかなドレスを着ている姿など初めて見るし、以前の彼女はそうした衣装が似合うような背恰好《せかっこう》でもなかった。もっと言えば、とにかく子供という印象しかない。背丈にしても、決して大柄ではない彼よりもずっと低かったはずだ。

しかしながら、彼女は緑玉のごとき瞳とすばらしい赤毛の持ち主で、それは兄のギャロとの共通点でもあった。また、顔立ちというか、恐ろしく均衡のとれた顔の整い方も兄に似ていた。大変に美しい少女ではあった。もっとも、彼は外形の美醜にたいして興味がなく、さほど価値を感じない。美しい人間はただ美しい人間でしかない。

それでもアビシアンの王女なので、無下《むげ》にはしなかった。何か尋ねられれば答えた。鋭い問いかけだと感じたことはない。正直、適当に返事をした。求愛された件も、よくあることだと彼は受け止めていた。世間知らずのお姫さまが淡い恋心を抱く相手として、勇者、英雄だのと褒めそやされている男はうってつけだ。類似の経験には事欠かなかったし、特別な事件だとは微塵《みじん》も思っていなかった。

当年とって十八歳。これから十八歳になるということだろう。彼は迫りくる彼女から逃げるべくあとずさりした。

「勇者様……勇者様！」

薔薇《ばら》の王子ギャロの妹シーディアは、赤毛を編んで後ろのほうにまとめ上げ、前髪は垂らさず額の両側方に流し、額をさらしていた。頬紅《ほおべに》をつけ、口紅を塗ってはいるが、薄化粧と言える範囲だろう。彼女は十八歳と言われれば十八歳に見えるし、もっと年上のようにも見え、さらに幼くも見えた。両肩を惜しげもなくあらわにするドレスは、今の彼女に不相応ではないのかもしれないが、何か目を背けたくなる危うさを感じさせもした。

「シーディアです、勇者様。お久しゅうございます。ああ、お会いしとうございました、勇者様……！」

「……どうも。久しぶり」

彼はシーディアを直視することに困難を覚えてうつむいた。

「ええ……と、何だろ、うん……大きくなったね」

「まあ！　シーディアは大きくなりましたか、勇者様！」

「まあ……」

「ちょっと待てぇい……」

天使が立ちくらみでもしたようによろめいた。

「じゅうはっさぁーい……？　いやぁ、そのくらいっちゃあ、そのくらい？　でも、なんか……うっはぁ……まだ発展途上だとしても、ですよ？　現時点で十分、いわゆる傾国《けいこく》ってやつなんじゃないですか、これは……」

「勇者様のお連れの方ですわね」

シーディアはにっこりと天使に笑いかけて淑女らしいお辞儀をし、右手を差し出した。

「シーディアと申します。お名前をうかがってもよろしくて？」

「……よろしいですけども」

天使はシーディアの右手を睨《にら》みつけた。手を取ろうとはしない。

「名前……かぁ。名前……ううん、わたし、天使なんですけど」

「テンシ様。変わったお名前。かわいらしいわ。すてきです」

「さ、様とかつけんなよ……何なんすか、怖いわぁ……」

「それでは、テンシちゃんとお呼びしても？」

「なんでやねーん！　いいですけど、べつに……」

「うかがったところでは、戦で身寄りをなくされたテンシちゃんを、慈悲深い勇者様が保護なさったとか」

「はぁ？　あぁ……そんなとこですかね。そうです、そうです。ネルネル……勇者は、親代わりみたいなものなんで。やばい女には引っかかって欲しくないっていうか、わたしがいるからには引っかからせはしねーよ的な？」

「気が合いますわね、テンシちゃん。シーディアも、勇者様には是非とも相応《ふさわ》しい方と結ばれていただきたいと思っておりますわ。やはり勇者様ともなれば、釣りあいというものがございます。最低でも、王族でなければ。なおかつ、若く健康で、美しいに越したことはありませんでしょう？　あら？」

シーディアは自分の胸に両手をあてて相好を崩した。

「ちょうどここに、完全に条件を満たしている女が一人おりますわ」

「こいつっ――」

天使が顔を引《ひ》き攣《つ》らせた。彼は何かもう耐えがたくなった。秘術によって超高速で体を運び、またたく間に部屋を出た。

扉を閉め、出入り口を目指して駆けていると、外套《がいとう》の襟から蛙《かえる》が顔を出した。

「やれやれ。一難去ってまた一難、か」

「他人事《ひとごと》だと思って！」

「だが、何も逃げだすことはあるまい」

「……やあ、ああいうのはだめだ。だめ。無理……」

「女ごとき星の数ほどあしらってきたのだろう？」

「もともと得意じゃないんだよ。なんかその、活動に？　付随する……義務？　義務……違うか。いろいろ違うような気がするな。とにかく、必要な社交の一環っていうか。しょうがないって割りきった上で、付き合ってたっていうか。もうしょうがなくないのに、まだ我慢しなきゃならないなんて変だろ」

「で、どうするつもりだ？」

「どうするって……」

彼は半球形の屋根裏の下を通りすぎ、建物を出た。

前庭の噴水を背にして、男が一人、立っている。

虹だ。

噴水に虹が架かり、その赤毛の男を彩っていた。

「ふむ……」

蛙が低く鳴いた。

「薔薇《ばら》の王子とはよく言ったものだな」

アビシアン王ナーガン・イーザーの次男ギャロは、いつから薔薇《ばら》の王子と呼ばれているのか。

一説によると、赤子の彼が薔薇色の頬《ほお》だったことに由来するようだ。また、少年時代の彼が民衆の前に姿を見せるたびに、無数の花びらが乱れ飛んだのは事実らしい。美しい王子を讃《たた》えるため、人びとがかき集めた花の中に、薔薇が多くあったとか。

彼の波打つ赤毛の色彩は、たしかに真紅の薔薇を思わせる。

しかしながら、彼が実物の薔薇でその身を飾ったことはないはずだ。

彼は金糸で刺繍《ししゅう》を施した装束を好んでいるようだが、薔薇や薔薇らしき模様は見あたらない。鎧兜《よろいかぶと》、剣などにも薔薇を象《かたど》ってはいない。むろん、彼が薔薇の王子を自称することもない。

それにもかかわらず、彼は薔薇の王子と呼ばれつづけている。

そして、誰しもが一目でも彼を見れば、これこそまさしく薔薇の王子だと思わずにはいられない。

「やあ、友よ」

ギャロの声は甘く響く。

「きみのことだから無事だと思っていたが、息災のようで安心したよ。どうやら二人だけで話せそうだね。ぼくはきみに会いたかったし、会わなければならなかった」

薔薇の王子の息は実際に甘い香りがする。汗と血、糞尿《ふんにょう》の臭気に充《み》ち満《み》ちた戦場でも、彼の周りにだけは芳香が漂っていた。

「どうしても、ね」

14話　天は彼に与えすぎている

ギャロは旅館の本棟ではなく、別棟に彼を案内した。

案の定、この旅館はもっぱらキャトムーンに国内外の要人が宿泊する際に使われるようだ。かなり広大な敷地は塀で囲まれ、大小七つの建物が配置されており、別棟といっても複数ある。木立の奥に位置しているその建物は、特別棟とでも呼ぶべきだろうか。あるいは、王族だけが利用する秘密の離宮なのかもしれない。

特別棟にも使用人が控えていたが、ギャロは大きな窓がある応接室で彼と二人きりになり、自らの手で茶を淹《い》れた。

「妹を連れてきてしまい、すまなかったね」

薔薇《ばら》の王子は大陸の東で産する発酵させた香り高い茶葉をことのほか愛している。西の王との戦いの最中《さなか》でも、ギャロはときどき戦友たちにこの香茶《こうちゃ》を振る舞った。

「きみが迷惑がることはわかっていたんだが、妹が目に涙を浮かべて懇願するものだから。どうしても断りきれなくてさ」

「僕を困らせたかったんじゃないのか」

「きみを？　それはまた、なぜ？　どうしてぼくが、大切な友であるきみを困らせないといけないんだい？」

「友、か」

「ぼくはそう思っているよ、パルパネル。名を呼ぶことを許《ゆる》してくれると嬉《うれ》しいな」

「好きにするといい。勇者だとか呼ばれるよりはましだ」

「だろうね」

ギャロは椅子に腰を下ろし、テーブルを挟んで彼と向かい合った。

「きみが望めば、富も名誉も思うままに手に入る。でも、きみは何も欲していない。ぼくが知る限り、きみはもっとも奇妙で、稀有《けう》なる人だ。パルパネル。我が友よ」

茶器を手に微笑《ほほえ》む薔薇の王子を、窓から射《さ》しこむ陽光が絶妙な角度と光量で照らし、完璧な陰影を与えている。特別棟の応接室は、まるでギャロを引き立てるために設《しつら》えられた極上の舞台であるかのようだ。しかし実際のところ、この男がそこにいれば荒れ果てた野ですらたちまち比類なき絶景と化す。華麗な勝利のみならず、むごたらしい敗北すら、薔薇の王子を薔薇の王子たらしめる。

「僕に何の用だ、ギャロ」

「用などなくてもきみが会ってくれるのなら、どれほどいいか」

「アビシアンの薔薇の王子はそんなに暇じゃないだろ」

「西の王が死ぬ前と死んだあとでは、どちらが忙しいと思う？」

「さあね」

「ぼくもすぐには答えられないな」

ギャロは茶器を目の高さまですっと掲げてみせた。

「パルパネル。愛する友。きみのおかげさ。きみの実力は誰よりも高く評価していたつもりだが、それにしても、まさかね」

「何が僕のおかげだって？」

「たった一人で、あの西の王を殺してしまうとは」

「へえ」

彼は茶器に口をつけた。薔薇《ばら》の王子が愛好する香茶《こうちゃ》は掛け値なしにすばらしいが、同じ茶葉を使えばこの香りと味が再現できるというものでもない。彼は以前、その理由を秘術で探ったことがある。解析はできたし、秘術を駆使しさえすれば彼もこの香茶を淹《い》れられるだろう。ただし、ギャロのように優雅な所作ではとうてい無理だ。一杯の茶にそこまで手間をかける気にもなれない。

「噂《うわさ》は本当なんだな。西の王が死んだっていう。でも、やったのは僕じゃない」

「相変わらずだね、きみは」

ギャロが両眼《め》を細めると、睫毛《まつげ》の長さがより際立った。

「とてもおもしろい。パルパネル」

「何だ」

「きみはある日突然、たった一人、行方をくらませた。ぼくらは西の王の死に一切関与していない。どう考えても、きみしかいないよ」

「案外、勝手にくたばったのかもな」

「すべては偶然というわけかい」

「そんなことだって、ありえないとは言いきれないだろ」

「ぼくはね——」

ギャロは窓の外に目をやった。憂いを帯びたその顔つきを見て、平静を保てる者は少ないだろう。そして、薔薇の王子は当然、そのことを十分に認識している。

「反省しているんだよ。友として、仲間として、きみをしっかりと支えることができなかった。そもそも我々では、きみの力になりえなかったのかもしれないが、それにしても他にもっとやりようがあったはずだ。結果的に、我々がきみを追いこんでしまったのではないか、とね」

「べつに反省する必要はないと思うけど」

彼もまた、出会った当初は薔薇の王子に心を奪われた。ギャロは手練手管に長《た》け、権謀術数はお手の物だが、魔術的とも言うべき魅力が常にその中核をなしている。しかも、魔術的というのはあくまでも比喩でしかなく、魔術のたぐいではない。王家の血、生まれ持った抜群に端麗な容姿、知的能力、冷酷にも情け深くもなれ、偏愛的なのに公平に振る舞うこともできる複雑な性格、そうした多くの要素が薔薇《ばら》の王子のカリスマ性を形づくっているのだ。

彼といえども、ギャロという男を憎むのは難しい。憎むことはできたとしても、心底から嫌いにはなれない。一度でも薔薇の王子と関わった者は、今際《いまわ》の際《きわ》に必ずその面影を思いだすだろう。

「だいたいきみは、悔いてなんかいないだろ」

「どうも誤解があるようだね」

「そうかな」

「役目だけ果たしてもらったら、救世の勇者にはご退場願おうなんて、ぼくはこれっぽっちも考えていなかったよ」

「動くまでもなかったからだろ。わざわざ自分の手を汚さなくても、誰かが片づけてくれる。きみはただ静観していればいい」

「イズリヤ聖教の大教主や、ノレディアの女王。そして、賢者スァーウィック。ぼくは彼らを積極的に止めようとしなかった。それは認める。でもね。果たして、止める必要があったかい」

「友だちじゃなかったのか？」

「ぼくの友情は、愛と敬意と信頼でできている。そう。つまりぼくは、きみを信じていたのさ、友よ」

「確信が持てなかったんだろ。彼らが僕を殺《や》れるかどうか。だから、日和見に徹することにした」

「それは違う」

ギャロは人差し指と中指を動かしてみせた。アビシアンの人びとが、そうではない、と否定するときの手振りだ。ときに他国人が不快に感じる仕種《しぐさ》だが、ギャロは舞いの一環のように美しくそれをやってのける。

「言ったろう。ぼくはきみを信じていた。きみが彼らに殺されるなんてありえない。ところで、タラソナがきみのもとを訪れたらしいね」

「まあ……」

彼はため息をついた。

「知っていてもおかしくないか」

「ごくわずかにでも可能性があるとしたら、彼女くらいのものだ。それも、きみが大いに油断するか、戦意を完全に喪失するかして、まともに抵抗できないか、あえて抵抗しない場合に限る。彼女を生かして帰すとはね。きみも残酷なことをする」

「タラソナは——」

彼はギャロにタラソナの安否を尋ねかけて、言葉をのみこんだ。

「余計なお世話だよ。きみらと違って、殺さなくてもいいなら殺したりしない」

「ひとを殺戮者《さつりく》みたいに」

ギャロは声を立てて笑った。

「心外だな。ぼくは合理的な人間さ。そう思わないかい、友よ?」

「目的のためには手段を選ばないってことなら、そのとおりだろうな」

「何やら物騒な言い方だが、ぼくに大それた野心はない。兄として妹に幸せな一生を送らせる。弟として兄を王位に就け、つつがなく我がアビシアンを統治してもらう。ぼくの生《い》き甲斐《がい》といったらそれくらいさ」

「きみが王になったほうがいいんじゃないか。きっと向いてるよ」

「そうした声が方々から上がる。いくらぼくにそのつもりは毛頭ないと言っても、一向にやむ気配がない。困ったものだよ」

「きみの兄さんも兄さんだからな」

「ひょっとして、それは我が兄への侮辱かい?」

薔薇《ばら》の王子は顎を上げて口許《くちもと》をゆるめた。陶然としているようでも、感に堪えないようでもある。ギャロを知らない者なら、そう勘違いしても仕方ない。

いささかなりともギャロを知る彼は、今、薔薇の王子が必死に抑えようとしている激情の種類を理解していた。

「兄は頭が切れるわけじゃないが、誰よりも善良で一点の曇りもなく澄みきった心を持って生まれた奇跡の人だ。兄のような人間に王が務まらないのだとしたら、国が悪い。家臣たちに責任がある。民もよくない。何もかも間違っている。そんな世界はいっそ叩《たた》き壊《こわ》され、滅んでしまうべきなのかもしれないね。ぼくがそれをするべきなのかもしれない」

甘い詩を吟ずるような口調だ。ギャロという男は、たいていこのようにして激烈な憤りをなだめようとする。

「でも、大丈夫さ」

怒りを飼い馴《な》らして情熱に変換し、政治や軍事、外交まで司《つかさど》る原動力にしてしまう。

「このぼくが世界を整え、国を正せばいい。我がアビシアンは、兄がただ玉座に座っているだけで治まる。それこそがあるべき形というものだ」

薔薇の王子の正気を疑う者はまずいないだろう。彼も一度としてギャロが取り乱す姿を目にしたことはない。

それにもかかわらず、彼はこの美しき王子に尋常ならざる心性を感じつづけてきた。明らかに常軌を逸しているが、どうあっても破綻しない。見るからに逸脱しており、型破りでありながら、どこまでも安定している。

「パルパネル、ぼくはね、きみに感謝しているんだ」

ギャロはテーブルに肘をつき、指を曲げずに両手を組みあわせた。

「西の王が四王《よんおう》に分身らしきものを埋めこんだという、あの決定的な情報。アダツミたちが苦労して入手したことになっているが、あれは西の王が意図的に流したものだと、ぼくは睨《にら》んでいる」

「……そうかもな」

その点については、彼も疑ったことがある。

死火山湖の浮島に築いた王宮にいる西の王が、それぞれ遠地に拠点を構える四王、大海《たいかい》の竜王、空山《くうざん》の覇王、闘界《とうかい》の王、境界《きようかい》の王に、我が身の一部を分け与えた。

四王は西の王とは別個の存在だ。しかし、西の王が滅べば、分身が西の王として機能するのだろう。つまり、西の王だけを殺しても意味がない。四王が宿す分身をすべて破壊しなければ、西の王は復活を遂げてしまうのだ。

アダツミがもたらした情報に基づいて、人類は西の王と四王を討ち果たす計画を立てざるをえなくなった。

もちろん、西の王の守りがもっとも堅い。しかし、四王も独自の領土を持っている。人類側に戦力を分散させる余裕はとてもなかった。従って、四王をひとりずつ攻めるのが順当だが、ひとり討てば当然、残りは警戒を強めるだろう。

ことに、首魁《しゅかい》である西の王が甲羅に閉じこもる亀のごとく身を守ろうとした場合、これを攻めきれるのか。

分身が一つ失われても、なくなったぶんまた一つ増やすのでは、という危惧もあった。そうなると、堂々巡りになりかねない。

もともと戦力で劣る人類側は、救世の勇者を中心とした決死隊による電撃的な奇襲で西の王を抹殺する作戦を練っていた。事実上、この望みが絶たれたのだ。

人類が西の王を滅ぼすには、全面的な同時攻撃を仕掛けるしかない。だが、果たしてそれは実現可能なのか。

少なくとも現時点では、とうてい不可能だ。それが人類側の認識だった。

この上は、西の王の攻勢をしのぎつつ、八方手を尽くして戦力の拡充を図り、大規模な全面同時攻撃作戦の準備を進めるしかない。

「西の王は、ぼくらの手を封じるために、あえて秘中の秘を明かした――」

ギャロは組みあわせた両手を軽く握った。

「ぼくらがそれを突き止め、様々な証拠や古代魔法の知識をもとに真実だと認めざるをえなくなれば、当初の予定どおり、少数精鋭で西の王を奇襲するという目論見《もくろみ》は崩れ去る。それが西の王の狙いだった。西の王がその手をもっとも恐れていて、潰しにきたとも言えるだろう。つまりはパルパネル、史上最高、最大の英雄にして救世の勇者よ。きみだ」

パルパネルが神姫《かむなぎ》タラソナや戦鬼《せんき》シドゥー、雷女《らいじょ》ウルスラ、剣聖《けんせい》パトリッカといった傑出した者たちを率いて迅速に進軍し、機略縦横の賢者スァーウィックが術策を巡らせ、薔薇《ばら》の王子ギャロ、陸の荒鯱《あらしやち》カイ＝ウェンらが後方から支援する。

この奇襲攻撃だけは、百万の軍や、異形の戦士たち、堅牢《けんろう》な城塞、蘇《よみがえ》らせた古代魔法でも、あるいは防ぎきれないかもしれない。西の王はそう考えた。だから先手を打ち、四王《よんおう》に分身を与えて、この情報をわざと人類に察知させた。

「パルパネル、ぼくらはきみに賭けていた。タラソナも、シドゥーも、ウルスラも、パトリッカも、重要な戦力ではあったが、決定的で不可欠な存在はきみだけだった。きみが西の王を殺す。ぼくらはそのお膳立てをすればいい。ところが、分身の件を知ってしまったことで、ぼくらは勝ち筋を見失い、身動きがとれなくなった」

「それでもきみは、笑ってみんなを鼓舞してたけど」

「強がっていたんだよ。気づかなかったのかい？　きみらしくもないな」

ギャロは自分の両手に目を向けてため息をついた。

「内心では絶望していたさ。ぼくともあろう者が、人並みにね。そのうち父が死ねば王になる兄のため、環境整備をするどころの騒ぎじゃない。ぼくとしたことが、人類の存亡を賭けて戦いつづけなきゃいけなかった。仕方ないことではある。西の王に人類が滅ぼされたら、兄の王国も、妹の幸福も、灰燼《かいじん》に帰してしまうわけだからね。とはいえ、ぼくらには敵を防ぎつづけることしかできなかった。消耗戦だ。勝てるわけがない。あの時点で、ぼくらは負けていたんだ。あとはいつ完全に敗北するのか。ぼくらは終わりの日を引き延ばしていただけさ。他にできることはない。そう思っていた」

「騙《だま》したわけじゃない」

彼はギャロから目を逸《そ》らした。

「言うわけにはいかなかったんだ。あの計画はあくまでも密《ひそ》かに進めなきゃいけなかった。まだ手があることを相手に勘づかれたら、何か対策を講じられる」

「きみは嘘《うそ》をついたわけじゃない。ただ本当のことを話さなかっただけだ。ずっとそうだったようにね。きみの秘密主義は今に始まったことじゃない」

「どうせアダツミあたりに、ずいぶん調べさせたんだろ」

「それはもう。友のことは深く知りたいからね。あの大魔術師フォーネットに教えを受けたことは間違いないから、きみの力は魔術の一種か、それを発展させたものだと思う。膨大な書物を集めて目を通したし、そうとうな数の魔術師に話を聞いたよ。おかげでぼくもだいぶ魔術に詳しくなった。でも――」

薔薇の王子は喉を低く鳴らして笑った。

「わからない。ぼくは所詮、付け焼き刃だからともかく、どの魔術師にも皆目見当がつかないそうだ。こんなことがありえるのかい？　皆、口を揃《そろ》えて、ありえない、と言う」

「ギャロ」

彼は薔薇《ばら》の王子と呼ばれる男に目を戻した。

天は二物を与えず、という箴言《しんげん》がある。アビシアン王の次男はそれがまったく正しくないと体現しているかのような人間だ。わけても、この男の知性は瞠目《どうもく》に値する。

「きみは何ヶ国《かこく》語しゃべれる？」

「正確に操れるのは四ヶ国語といったところかな」

「ぼくは五十くらいだけど、一つ二つ覚えるより、十、二十覚えるほうが簡単だ。比べれば、似ているところ、違うところがわかる。どんどん見えてくるんだよ。どれもこれも似ているし、何もかも違う。知っているものが増えれば、それ以上に知らないものが増えてゆく。どれくらい知らないか、掴《つか》めるようになる。これが僕の力の正体だ」

「比較、か」

ギャロはそう呟《つぶや》いてから短く息をのんだ。

「なるほど。我々は比較することで物事を認識する。意識的に、あるいは、ほとんどの場合は無意識に。今現在も、きみは刻々と比較しつづけているということか。でも、それときみが起こす奇跡との間には広大無辺の隔たりがある。ぼくがその隔たりを埋めようとすれば、少なくともきみと同程度の比較を行わなければならない。その間にきみはさらに遠くへ進んでいる。ぼくがきみと同じ地平に立つことは叶《かな》わない」

彼は何も言わなかった。ギャロは彼が言わんとしたことを正確に汲《く》みとっていた。ゆえに、それ以上言うべきことが彼にはない。

「ぼくは生まれる場所を間違ったな」

ギャロは茶器を手に取ったが、すぐに置き直した。茶はすっかり冷めている。飲む気になれなかったのだろう。

「きみのことを心底妬ましく思っているんだよ、パルパネル。きみになりたいわけじゃないが、願わくはきみと対等に語りあえる自分でありたかった」

二物どころか万物を与えられて生まれてきたかのような薔薇の王子を、見下げているつもりはない。しかし、今ここでギャロの息の根を止めることも、彼にはできる。そして、ギャロはそれを知っているのだ。この力関係を含めて対等と見なすべきだと主張したところで、納得はえられまい。

「もういいだろ、ギャロ。西の王は死んだ。あとのことはきみたちに任せる」

「任せられるほうの身にもなってくれとは言わないが、そうたやすい状況でもないよ。まさか何も知らないわけじゃないだろう」

「いいや。僕は何も知らない」

「あえて知ろうとしていないわけか。きみの性格からすると、そのほうがよさそうだ」

「僕の性格が何だって？」

「個人的な見解にすぎないから、気にしないでくれ」

「とにかく、僕は金輪際、関わらない。降りかかった火の粉は払うけど、隠居の身だと思って欲しい」

「世を捨てるのはまだ早いさ」

「早いか遅いかは僕が決めることだ」

「やるべきことはやった。義理は果たした。そう言いたいんだね」

「ああ」

「異論があるわけじゃない。この混乱は長く続くだろうが、真っ暗闇だったぼくらの行く先に今や光が射《さ》している。燦々《さんさん》たる太陽ではないとしても、うっとりするような月明かりだ。あの月が姿を消しても、やがて日が昇るだろうとかろうじて信じられる程度にはね」

「きみほどの男には十分すぎる光量だろうな」

「どうかな。夜明けを信じて待つ者もいるに違いないが、一度この世界を押し包んだ闇の深さを、曲がりなりにもぼくは知っている」

「……かんばしくないのか？」

「西の勢力については問題ないよ。押し返して以来、揺り戻しはない」

「だったら、もういいだろ。人類同士の揉《も》めごとはきみたちで解決してくれ」

「その話をする前に、一つ訊《き》かせてもらえないかい？」

「やっぱり何か押しつける気だな……」

「犠牲についてだよ、パルパネル」

「何のことだ」

「お察しのとおり、どうしてもきみにしか頼めないことがあって来てもらった。でも、先に確かめておきたいんだ。その上で、きみに頼みごとをするかどうか決めたい」

「何だよ。確かめたいことって。犠牲……？　何の」

「きみはたった一人で自分がやるべきと信じることをやった。果たすべきと考える義理を果たした。四王《よんおう》もろとも西の王を討ち、世界を救うために、きみはどんな犠牲を払ったんだい？　いったい何を差し出した？」

15話　犠牲

西の王を殺すには、その分身を宿す四王《よんおう》を始末しなければならない。しかも、順々に討ち滅ぼしてゆくのではなくて、なるべく時間差をつけず、できれば同時に撃破したい。

彼には腹案があった。

大海《たいかい》の竜王ヴィシュクラッド。

空山《くうざん》の覇王エルドネイ。

闘界《とうかい》の王カンバ。

境界《きょうかい》の王ファルコー。

それぞれの情報は広く、かつ詳細に収集し、かなり正確に状況を把握していた。

ヴィシュクラッド、エルドネイの軍は、戦って退けたことがあった。

カンバは一度、討ちとる寸前までいった。

ファルコーはヌァと呼ばれる怪物で、直接的には西の王よりも大きな被害を人類にもたらした。それゆえに、ファルコーと対峙《たいじ》した経験を持つ者が少なからずいた。おかげで彼はファルコーの攻略法を見いだすことができた。

個別には叩《たた》ける。

口には出さなかったが、彼には十分な自信があった。助けはいらない。四王は彼一人でやれる。

西の王も問題ないだろう。

しかしながら、四王と西の王をほぼ同時にとなると、途端に難度が跳ね上がる。

彼に匹敵する力を持つ者が複数、理想的には四人いれば、人類が勝利する条件が整う。

その四人がそれぞれ四王を倒し、彼が西の王を殺せばいい。

いないのだ。

神姫《かむなぎ》タラソナは、ひょっとしたらひょっとする。だが、彼女は自分の力をしっかりと見極めて制御できるわけではないし、確度が高くない。戦鬼《せんき》シドゥーや雷女《らいじょ》ウルスラ、剣聖《けんせい》パトリッカといった英傑たちが彼女を守り、四王のいずれかとの戦いに彼女が専念すれば、おそらく勝てる、といったところだ。それでも、大軍を動かせるエルドネイやカンバ相手では厳しい。ヴィシュクラッドが海に潜ってしまえば、神姫といえども手を出せないだろう。現実的には、タラソナが討てるとしたらファルコーだけだ。

そして、仮にタラソナがファルコーを滅ぼしたとしても、それだけでは何の意味もない。

結局のところ、彼が複数いるのでもなければ、四王と西の王をほぼ同時に殺すのは不可能なのだ。

彼が複数いればいい。

薔薇《ばら》の王子や神姫《かむなぎ》、戦鬼《せんき》、陸の荒鯱《あらしやち》、雷女《らいじょ》、剣聖《けんせい》、賢者、人類側の最精鋭が集っていた本営を離れたあと、彼は腹案を実現するために実験を繰り返した。

彼としても、そのような秘術を使ったことはついぞなかった。

完成形を描き、そこから逆算して設計を組み立て、試し、失敗して、修正する。

もしくは、一から設計をやり直す。

完成形自体に手を加えなければならないこともあった。

彼は当初、彼の複製を五体創りだす目算を立てていたが、いくら試行錯誤しても足りなかった。無から有を生むことは秘術でもできないので、足りないとなれば、それは基本的に不可能なのだ。ひょっとしたら不足を補う方法が将来的に何か見つかるかもしれないが、現時点であてがない以上、あるものでやりくりするしかない。

四体の複製でも足りなかった。

最終的に、三体の複製でぎりぎりだということがわかった。

計画の決行を目前に控えて、彼は師フォーネットがその頂から身を投げたゼフィアロ塔にいた。

ゼフィアロ塔はそれ自体が文書館であり、魔術的な遺物の所蔵庫でもあった。塔の内部を螺旋状《らせんじょう》に上る階段に面した壁は大半が棚になっており、古代魔法の仕掛けを正しく解かなければ、そこに隙間なく並べられた書物や遺物には指一本ふれられない。彼はすべての書物を通読し、どの遺物もありありと思い浮かべることができたが、それでも折にふれてこの螺旋階段を上り下りした。死の間際、師が閉じこもった部屋にも、たまに足を踏み入れた。師の部屋には羊皮紙や紙が積み重ねられて置いてあった。乱れに乱れた師の筆跡で繰り返し書き殴られた文言を、どれだけ見返したことだろう。

彼は螺旋階段を上がりきった先にある窓の石戸を開け、そこから塔の頂へと登った。

満天の星だった。

ゼフィアロ塔の頂は円蓋状で、そこに彼が三人立っていた。

彼は四人目だった。

彼以外は髪がのびていない。違いといえば、それだけだった。

「思ったようにはいかなかったな」

彼が言った。

「まさかここまで手こずるとは、まるで予想していなかったわけじゃないけど、それにしても骨が折れた」

別の彼が言った。

「早い段階で舵《かじ》を切っていれば、ここまで寿命を縮めることはなかったんじゃないかな。見切りが甘かったんだよ」

また別の彼が自嘲げに笑った。

「労力を注《つ》ぎこめば注ぎこんだだけ、撤退しづらくなる。そういうわかりきった罠《わな》にこそ嵌《は》まるんだ。最後の最後で、そんなありふれた愚かさに気づかされるなんてね」

別の彼は笑った。

「仕方ないよ。ようするに命を割ってしまえばよかっただけなんだけど、そんな思いきりがなかなかできなかったっていうのも、ちょっとおもしろい」

「覚悟してたつもりなのに、そうでもなかったんだな。フォーネットがあんなふうに死んでいったのも、今となってはわかる気がする」

「どこまでいっても、知らないことだらけだし。知りたいことはいくらでもあって、尽き果てはしないからね」

「返す返すも、何度となく重ねた失敗が惜しかったな」

「二十八回か」

「そのたびに命を失った」

「命ってものの本質にふれることができたのは、収穫だったけど」

「それは言えてる」

「物体の延長線上にあるわけじゃなかったんだな。物体がどこまでも複雑化しただけじゃ、命は構成されないんだ」

「ただ、おかげで複製の僕らはずいぶん寿命が短い」

「悪かったよ」

彼は三人の彼に心の奥底から謝罪した。

「でも、僕だってそうはもたない。そのぶん仕事が一つ多いわけだし」

「いいさ」

もう一人の彼が言う。

「そうだな。そろそろ始めようか」

別の彼が言う。

「僕は大海《たいかい》の竜王ヴィシュクラッドを仕留《しと》める。そして西の王の分身を破壊するか、可能なら持ち帰って僕に渡す」

「僕は空山《くうざん》の覇王エルドネイを殺して、西の王の分身を破壊するか、持ち帰ることできたら僕に渡す」

「僕は闘界《とうかい》の王カンバを殺す。西の王の分身を破壊するか、持ち帰って僕に渡す」

「僕は境界《きょうかい》の王ファルコーを滅ぼしたあと、きみたちが分身を持ってきたらそれらを受けとって、西の王にとどめを刺す。行こうか」

「ああ」

「さっさと片づけよう」

のだ。


「じゃあね」

「うん――」

彼らは飛び立ち、やりとげた。

三人の複製は分身を彼に渡してすぐ、崩れ去るようにして朽ちてしまった。残った彼もまた、西の王を討ちとったあと、いくばくもなく同じ運命を辿《たど》るはずだった
結局、彼はどのような犠牲を払ったのか。

西の王を討ち滅ぼしたのち、彼の命数は程なく尽きるはずだった。自死するつもりだったのではない。わざわざ自ら命を絶つ必要などなかった。

彼自身、正確に予測できていたわけではないが、長くても一日かそこら、早ければ半日と経《た》たずに、彼は命と呼べるものを失っていただろう。いよいよそのときが迫ったら、秘術によって肉体を処分する。それが彼の計画だった。

神が余計なことをしなければ、そうなっていたのだ。

「うん、まあ……」

彼は冷めきった香茶《こうちゃ》にあえて口をつけた。香りが薄らぎ、ほとんどただのぬるま湯だが、変に乾いた口内を潤《いぶか》すことはできた。上目遣いでうかがうと、ギャロは長い睫毛《まつげ》に囲まれた両眼《め》を訝しげに細くしている。

「べつに、何も……」

彼は静かに茶器を置いた。

「とくに差し出したものはないかな」

「何も？　本当に？」

「まあ、もともとね。得たものよりも、失ったもののほうが多いっていうか。僕は有名になりたかったわけじゃないし。ていうか、ぜんぜんなりたくなかったし……」

「きみの美点であり、欠点とは言わないが、弱点ではあると思っているよ」

「苦手だからな。目立つのは。でも、そのわりにはがんばったほうだろ」

「きみなりに精一杯、愚か者どもに合わせて、社交もした」

「愚かとか、そんなふうには思ってないし、そういう態度はとってないはずだ」

「あえて傲慢に振る舞っていれば、逆に面倒が減ったかもしれないよ。きみは賢明すぎるがゆえに、物わかりがよすぎたのさ」

「それのどこがいけない」

「秘密主義で、自分自身のことはつまびらかにしようとしないのに、他者の事情には通じていて、理不尽な事態に直面しても苛立《いらだ》つそぶりすらほとんど見せない」

「……僕がみんなを警戒させたって言いたいのか」

「ぼくが言う必要はあるかい？　きみはとうに気づいていただろう？」

「もういい、ギャロ。さっさと頼みごととやらを言え。聞くだけ聞いて、僕は断る。話はそれで終わりだ」

「誓ってもいいがね、我が友よ」

ギャロは今日一番の笑顔を見せた。今日一番どころか、初対面以来、もっとも麗しく、しかも飾り気がない、笑うつもりなどなかったのに、こらえきれずにこぼしてしまった、とでもいうような笑みだった。

「きみはそんなふうには考えていない。このギャロがきみを呼び寄せたんだ。そして、きみは来てくれた。当然、きみはわかっている。断ることなどできはしない。ぼくがきみに断られてしまうような頼みをするわけがないからだ」

彼は下を向いてテーブルに視線を落とした。片手で口の周りを軽くさすったのは、危うく微笑しそうになったという自覚があったからだ。

彼はギャロという人間が嫌いではない。好きではないし、信頼してもいないが、その才覚を高く評価している。兵を指揮するだけではなく、軍隊を運用する能力も随一だが、薔《ば》薇《ら》の王子の本領は政治家だ。あらゆるものを権力に変え、他者を意のままに動かす。

じつのところ、ギャロはあの西の王に近い。西の王は恐るべき知略によって人類を窮地に陥らせた。もし薔薇の王子に、兄妹を守《も》り立《た》てる以上、それ以外の野望があれば、次なる西の王にもなりかねない。

「僕に何をしろと？」

「きみのことを調べた。それはもう話したね」

「ああ、聞いたし、わかってた」

「その流れで、かなり現代の魔術師たちに詳しくなった」

「きっと僕より知ってるだろうな」

「一覧を見せようか」

「古代魔法の研究者なら興味がある」

「その分野に関する情報は、きみにもすっかり開示しているよ」

「西の王との戦いで必要だったからな」

「でも、すべての魔術師がぼくらに力を貸してくれたわけじゃない。目を離すべきじゃないと感じさせるような魔術師も中にはいた」

「魔術師は本質的にわがままだ。たとえ人類が死に絶えようと、自分さえ生きていればいいって考えは、魔術師として突飛なものじゃない」

「イルミナという名に心当たりはあるかい？」

ギャロがその名を発音した瞬間、彼の顔が勝手に歪《ゆが》んだ。

「……心当たり、か」

「よく知っているようだね」

「どうかな」

「彼女はフォーネットの弟子だという。兄弟子？　姉弟子ということになるのかな。それとも、あの魔女はきみよりも年少なのか？」

「そんなに長い間、一緒に過ごしたわけじゃない」

「でも、彼女とは面識がある」

「ずいぶん会ってないよ。どこで何をしてるのやら。まだ生きてることすら知らなかったくらいだ」

「魔女イルミナはザンタリスにいる」

「へえ。ギャロ、きみの国のお隣だな」

「ザンタリスの王に召し抱えられているんだ」

「イルミナが？」

「ああ。間違いない」

「魔術師が王に仕えるなんて……めずらしいことはめずらしいけど」

「しかも、個人的にね」

「臣下としてじゃなく？」

「彼女の存在は、ごく一部の限られた者――王の側近しか知らない」

「だったら、なんできみが知ってるんだ。ザンタリス王の側近を抱きこんでるのか」

「そのあたりは、この際、どうでもいいじゃないか」

「よくはないだろ」

誰が味方なのか。敵の敵は味方という広い意味における味方なのか。もしくは、必ずしも味方ではなく、情報提供者でしかないのか。この際、はっきりさせておいたほうが、あ、い、い、い、あとあと都合がいい。

彼は窓の外に目をやった。

——結局、どれも同じ火の精霊なんじゃないの？

精霊とは何か、という師の問いへの答えの中で、彼女が口にした言葉だ。

当時の彼は精霊はいないという立場をとっていたから、的外れだとしか思わなかった。しかし、どれも同じ火、という表現が彼の脳裏に刻まれて消えず、やがて蒙《もう》を啓《ひら》くきっかけの一つとなった。彼は魔術師たちが三千以上いると認識している精霊を現象として分析することで、八十九種にまで絞りこんだ。

明敏で、論争になると過激にして粘り強く、妥協することを嫌う人だった。頭脳が明晰《めいせき》すぎる者にはよくあることだが、相手が愚鈍だと見なすと、とことんまで蔑んだ。必ずしも理性的ではなかった。ただ、感情が昂《たか》ぶって血の巡りがよくなるごとに、頭の回転速度が上昇する。怒らせると何をしでかすかわからない。むやみに暴れるのではない。突拍子もない着想を得て、ためらわずに実行しかねない。

「……イルミナは何を企《たくら》んでる？　手がかりくらいは掴《つか》んでるんだろ」

「大それた話でね、我が友よ。きみや神姫《かむなぎ》タラソナを知らなければ、荒唐無稽と笑い飛ばすだろう」

ギャロは笑わなかった。薔薇《ばら》の王子にしてはやけに硬い、生真面目にも聞こえる声音で言った。

「魔女はザンタリスの王に力を与えるべく、神を喚《よ》び出そうとしているらしい」

intermission

Part16

止められない、止まらない

At Gallo's request, Palpanel infiltrates Xantharis with the frog and the angel.
The angel is very interested in Xantharis cityscape.
She is a distraction to the mission, but she won't listen to him when he tells her to go home.

Part17

盤上に駒

Weasent makes love to Dexter and gets information out of him.
Palpanel, the frog and the angel watch the scene.
It's a very awkward experience.
Eventually, they get some important information.

Part18

僕には僕の理由がある

Palpanel finally tries to break into the forbidden underground area where Illumina is.
But the angel is a burden. He tries to leave her behind, but as he expects, she is disobedient.
Finally, they start Newaza battle.

Aldamort
the legendary
evil
the Ghost king

hero
of
salvation
all time

AJTA

ANGEL

16話　止められない、止まらない

　ザンタリスという国は、イズリヤ神聖教会初代大教主スピリヤが派遣したタリス伝道団を起源とする。

　伝道団というと、聖職者たちが列をなし、行く先々で神の教えを説いて回る様《さま》を想像しがちだが、実態はそれほど生やさしい集団ではなかった。伝道団の中核をなす伝道師は聖職者でも、護衛役の伝道騎士たちは生粋の武人だったのだ。

　伝道騎士は義勇兵と傭兵《ようへい》を率い、敵対者がいれば臆せず戦った。そして、まったく戦うことなく彼らに従う者は多くなかった。

　ようするに、伝道騎士の軍団は侵略を行ったのだ。征服した土地で民衆を懐柔するのが伝道師の役目だった。

　タリス伝道団は、のちにアビシアンを建国するアビー人や、北方ノレド人の強い抵抗に遭いながらも、各地に植民都市を建設していった。

　その過程で次第に伝道師と伝道騎士が一体化してゆき、騎士たちの領地を王が束ねる体制が整えられた。

王の都エスタースは、灰色と錆色《さびいろ》の街だ。

「なんかこう……天気が悪いわけでもないのに、どんよりしてますよねぇ……」

やたらとたっぷりした衣で頭上の輪や背中の羽を無理やり隠している天使の言うことも、わからなくはない。

踏み固められた道は錆色で、石畳は灰色だ。木造の建物は錆色から黒褐色、石造の建物はおおよそ灰色で、木や石の他に目につく素材といえば鉄か錆《さ》びた鉄、青銅くらいのものだろう。街路に樹木が植えられているわけでもなく、窓などに花が飾られているといったこともない。

アビシアンは良くも悪くも色とりどりだ。物言いから所作から装いまで洗練されているギャロは、典型的なアビー人ではない。大半のアビー人は派手好みで、音楽と歌、踊りを愛し、勇敢さと情熱を重んじる。

アビシアンとザンタリスは好対照をなす。

ザンタリス人は、伝道にまつわる艱難辛苦《かんなんしんく》に耐えるため、規律を守って忍従することを美徳とするようになったのだ。

もっとも、伝道団は一つではない。初代大教主スピリヤは、タリス伝道団の他に、エルファス伝道団を創設した。このエルファス伝道団を起源とするライマールという国は、ザンタリスのように陰気ではなく、禁欲的でもない。

「ネルネル、ネルネル」

天使が辻《つじ》向こうのこぢんまりとした石堂を指さした。

「さっきから気になってたんですけど、あれと同じようなの、やけにいっぱいありますよね。何なんですかね？」

前まで行くと、彼の背丈より少し高い程度の素っ気ない丸屋根の石造りで、中に石像が一体、安置されている。天使は腰を屈《かが》めて石像を眺めた。

「これ何の像？　雑な感じですけど」

「ふむ」

彼が身にまとう外套《がいとう》の襟から蛙《かえる》が顔を出した。

「神像なのだろうな。ザンタリスのことはよくわからんが、この国の民もイズリヤ聖教を信仰しているのだろう？　ということは、預言者イズリヤか？　それにしては……」

「イズリヤって、世界一のイケメンだったんですよね。こんな髪だけ生えてるお地蔵さんみたいな人じゃなかったはずですよ」

「何だよ、お地蔵さんって……」

天使はたまにわけのわからないことを言う。

「これは造物主ダナンの像だ。ザンタリスの人たちは、大きく言えばイズリヤ聖教の教徒なんだけど、タリス教団に属してる。教典も別だし、教義がけっこう違う。朝起きたら顔を洗ってどうこうしてとか細かく決められてて、このお堂も地域の住人が交代交代、毎日掃除してるんじゃなかったかな」

「うっへぇ。めんどくさっ……」

天使が唾でも吐きそうなひどい顔をした。

「ていうか──」

彼はため息をついた。

「なんでついてきたんだよ。ギャロが預かってくれそうだったし、好きなだけおいしいもの食べて、安楽に過ごせたのに」

「何を言いますやら」

天使は左手で腰の横を押さえ、右手の人差し指を横に振ってみせた。

「なんか変なやつがどっかの神を召喚しようとしてるんですよね。そんなの、ネルネルだけに任せとけないでしょ？　やっぱりわたしがいないと」

「きみがいたって、何の足しにもならないだろ」

「なりますよ。なりますとも」

「どんな足しになるっていうんだよ」

「わたし、こんなにかわいいんですけど？　かわいい女の子がそばにいてあげなかったら、ネルネルと蛙さんだけじゃ絵にならないですよね？」

「きみがいることで絵になるのかどうかはともかくとして、絵にならなくてもまったく問題ないんだけど」

「わかってない。わかってないなぁ。ネルネルはちっともわかってやしませんね。わたしがいるだけでばちっと絵になりますし、絵にならなかったらそれはもう、めっちゃくっちゃ困るんですから」

「……まあここまで来ちゃったし、もういいけどさ。邪魔になるようだったら、どっかに隠れててもらうよ」

「しょうがありませんね。そのときは言ってください。蛙《かえる》さんと一緒に遊んでます」

「私は邪魔にはなるまい」

蛙が口を挟むと、天使が頬《ほお》を膨らませた。

「それだったら、わたしだって邪魔になんかならないですもん。いたほうがっていうか、いるだけでプラスなんですから。ほら、わたしには特殊効果がありますからね。バフですよ、バフ！」

「何でもいいけど、おとなしくしててくれ。これから人と会うんだ」

「誰と会うんですか、ネルネル？　女ですか？　女？　女ですね？」

「男でも女でもそれ以外でもいいだろ、べつに……」

「やっぱり女じゃないですか。このすけこまし！」

「なるべく穏便にすませたいから、できれば情報提供者に会って詳しい話を聞いた上で潜入する方法を検討しようってだけなんだけど」

「と言いつつ？」

「それだけだって」

「ところが、その情報提供者との間で、肉体の門が開いてしまい……？」

「肉体の門って何……」

「知りませんよ。こんなかわいい女の子に聞かないでください。ネルネルのえっちっ」

もう何もかも億劫《おつくう》になり、天使を石堂の中に押しこめて置き去りにすることも真剣に検討した。しかしその結果、どのような厄介事が起こりうるだろうか。考えるだに頭が痛くなってくる。彼は神を呪いながら情報提供者に会う手段を模索したが、当初予想していたとおり簡単ではなさそうだった。

何しろ、情報提供者はザンタリス王トーマの側近だ。王を補佐する宮中伯《きゆうちゆうはく》という、ようは大臣が何人かいるのだが、そのうちの一人、ヘルマー宮中伯の長男が、将来を嘱望されて王の侍官《じかん》に任じられている。

ザンタリスの侍官というのは王の秘書で、護衛役でもあり、必要に応じて身の回りの世話もする。王直属の騎士、いわゆる王の騎士で、とりわけ王の覚えがめでたい若者が抜擢《ばつてき》されるのだ。

侍官《じかん》は五人もしくは六人いて、昼夜を問わず、その半分は必ず王のそば近くに侍《はべ》る。王の寝所に立ち入ることが許《ゆる》されるのは、すべての王の騎士の中で侍官だけだという。王の政治的な手足である宮中伯《きゆうちゆうはく》でさえ、侍官ほど王に近しくはない。

侍官は一日の半分以上、王に張りついており、王の寝所から程近い寝室で眠る。王はたいていエスタースの城にいるから、侍官もほとんど城外に出ることがない。

ヘルマー宮中伯の長男、侍官デクスターは、ザンタリスの騎士として西の王との戦いに参加したことがある。その折に、ギャロの手の者と接触したようだ。

少々こみ入った話になってしまうが、どうもデクスターとその手の者とは、かなり親密な間柄らしい。

はっきり言ってしまえば、恋仲だという。

戦場で芽生えた友情が恋に発展し、深く信頼しあうに至った二人は、戦地を離れてからも再会の日を夢見ながら書簡を交換した。

文通して愛を育んだ。

なお、デクスターはもともときわめて有望な王の騎士で、戦場から無事戻ることができたら侍官に取り立てられるのは既定路線だった。デクスターをことのほか気に入っていたトーマ王が、彼を侍官にするため、あえて戦場に送りこんで実績をあげさせた、という見方もできる。

ギャロの手の者がデクスターに接近し、親しくなったのは、果たして偶然なのか。

むろん、そのような偶然があるはずもない。

アビシアンとザンタリス、そしてライマールは、三王国同盟を結んで西の王に対抗しようとしたが、仲よしこよしの隣国同士などではないのだ。常に犬猿の仲というわけではないにせよ、過去何度も干戈《かんか》を交えているし、紛争の火種は至るところに転がっている。西の王との戦いが終われば、同盟は遅かれ早かれ有名無実化するどころか、いつ消し飛んでもおかしくない。

ギャロは戦争中から将来の敵国に触手を伸ばしていたのだ。西の王に敗れてしまえばすべて無意味なのだが、かといって先のことを考えないというわけにはいかない。いや、あのギャロのことだから、逃すべきではない好機だとさえ捉えていたのではないか。それどころではないという状況下で、誰しも油断している。付け入る隙がいくらでもあるわけだから、仕掛け放題だ。

ギャロの指示を受けたアダツミの手配で、侍官デクスターの恋人であるアビー人の青年士官ウィアセントをひそかに入国させ、一応、この王の都エスタースに潜伏させている。

ウィアセントはついに辛抱たまらなくなって祖国を出奔《しゅっぽん》し、愛する人に会いにきた。そんな筋書きでデクスターを誘い出す手も、使おうと思えば使える。ただ、デクスターも侍官に取り立てられるほどの男だし、馬鹿ではないだろうから、怪しまれるかもしれない。

そもそも、ザンタリス人は総じて真面目で、堅物揃《かたぶつぞろ》いだ。普通に考えればデクスターも例外ではないだろう。いくら愛のためとはいえ、のこのこ城を出てきたりするだろうか。

「……出てきたか」

すっかり夜が更けた頃、彼はエスタースの城を眼下に見おろしていた。

明るい月が出ていないので、秘術でこうやって浮かんでいても、誰かに気づかれる恐れはない。

王の丘と呼ばれる高台に立つ城の門は固く閉ざされている。急を告げる使者以外は出入りできない。

デクスターとおぼしき人物は、丘の麓にある物見の塔から出てきた。百年以上前にザンタリス初代の王ケンティオが建てたこの城は、地上より地下のほうが広大だとも言われている。城郭と物見の塔はかなり離れているのだが、地下で繋《つな》がっているのだ。

物見の塔は十五基あり、塔と塔とは城壁で繋がっている。デクスターらしき人物は、城郭から見て北西に位置する塔をあとにすると、そのまま足早に西の方向へと進んだ。

エスタースの西地区はいわゆる下町で、あまり裕福ではない者たちが住む。他の地区と比べると通りは細く、区画がごちゃついており、一階建てかせいぜい二階建ての木造建築がひしめいている。

夜のエスタースはえらく静かだが、西地区の一角だけは木戸の隙間から明かりが漏れ、人の声が聞こえる。

ザンタリスのお国柄で、夜通し大手を振って遊び歩くような者は少ないものの、酒を提供する店や賭博場、娼館《しょうかん》のたぐいが存在しないわけではない。これだけの大都市にしてはささやかすぎる規模だが、西地区のスバロー通りは、エスタースでここにしかない夜の社交場だ。

ちなみに、スバローという名の通りがあるわけではない。スバローという古語には、大変良い、という意味も、非常に悪い、という意味もある。四つの通りに囲まれたその区画を、いつからか人びとがスバロー通りと称するようになったらしい。

デクスターらしき人物は、間違いなくスバロー通りを目指している。

厚手の外套《がいとう》を着て、帽子を被《かぶ》り、体形や顔を隠しているし、そもそも彼はデクスターを見たことがないのだが、まず間違いない。あれはデクスターだろう。

デクスターはとうとうスバロー通りに足を踏み入れた。この区画は、すれ違うのも苦労しそうな路地や細道が建物と建物の合間を縫うように走っていて、上空から見ると見事な迷路の様相を呈している。

「……慣れてるのか？　足どりに迷いがない」

デクスターはスバロー通りをすいすい進んで、とある建物に入っていった。

「王に贔屓《ひいき》されてる侍官《じかん》に、スバロー通りはそぐわないと思うけど。意外と真面目人間ってわけでもないのか――」

彼は出入り口ではなく、二階の小窓からその建物の中に入った。

小窓の部屋は奥行きこそ普通だが、極端に幅が狭い。椅子が一脚だけ置かれていて、肩の上に黄緑色の蛙《かえる》をのせた天使が座っている。

「あ、ネルネル、お帰りなさい」

「しっ」

彼は天使を黙らせて小窓を閉めきった。

「それにしても何なんですか、この部屋。変なの……」

天使が声を潜めて言った。彼は肩をすくめた。

「需要があるんだろ」

「需要って？」

「こういう場所だから、いろいろあるんだよ」

「ふむふむ。ここってどういう場所なんですか？」

「絶対、わかってて訊《き》いてるだろ」

「わかってる？　わたしがですか？　はあ？　何をわかってるんです？　どうして？」

「とにかく口を閉じてろ」

彼は向かって左側の壁に耳を寄せた。右手の人差し指の第二関節で軽く壁を叩《たた》くと、間もなく向こうから同じように壁を叩く音が返ってきた。

天使が椅子から立ち上がって、彼のすぐ前で壁に耳をくっつけた。

「なるほどなるほど。壁がめちゃくちゃ薄くて、会話が筒抜けなんですね。会話だけじゃないでしょうけど」

蛙が天使の肩から彼の肩へと跳び移ってきた。

「盗み聞きとは、なんとも悪趣味なことだな」

「しょうがないだろ。ギャロのやり方に合わせてるだけだ」

「貴様なら、もっと他にやりようもあるだろうに。いっそ強制的に吐かせたほうが手っとり早いのではないか」

「僕はそんなに野蛮じゃないよ」

「できないとは言わんのだな」

「ネルネル？」

天使が壁の一部を引っぱって開けた。

「これはどういう仕掛けなんですかね？」

「盗み聞きできるだけではないようだな」

蛙が嘲るように鳴いた。

天使が引き開けた部分には、分厚い硝子《がらす》のようなものが嵌《は》めこまれていた。はっきりとは見えない。暗く曇ってはいるが、向こうが透けている。

「半鏡か……」

彼はため息をついた。

あちら側からはただの鏡だが、こちら側からはこうして向こうが見える。

この小部屋は、隣の部屋をのぞき見ることもできるようになっているのだ。

表向きこの建物は宿ということになっているらしいが、宿泊するというより、客を取った男女が商売をするために使ったり、逢《あ》い引《び》きの場所にしたりするのが主な用途のようだ。スバロー通りには似たような宿がいくつもあって、ここはアダツミが手配した。もちろん、この小部屋と、その隣の部屋を用意したのもアダツミだ。盗み聞きのことは事前に知らされたが、のぞき見についてては聞かされていない。

半鏡越しに、寝台に腰かけている男の姿が見える。

アビー人のウィアセントだ。

彼も会っていくらか話したが、なかなか頭がよく、快活明朗なのに、どこか翳《かげ》がある。美形というわけではない。しかし、見る者に独特の印象を与える顔立ちで、背が高く、かなり筋骨逞《たくま》しいのに、均整がとれているせいでむしろ細身のように錯覚する。一見しただけで、こういう人間だろうと推測するのが難しい。何かありそうだと思わせる。

ウィアセントはシャツの胸をはだけさせ、脚を組んで、部屋の出入り口を見やっている。

もうすぐ恋人がやってくるのだ。アビー人がザンタリス人の侍官《じかん》を待ちわびている。

「にゅほほぉ……」

天使が背伸びして、彼の頬《ほお》に顔面を押しつけてきた。

「静かに」

彼は天使を押し離したかったが、暴れられでもしたら厄介だ。

物音がする。階段を上がる足音だ。

階段を上がりきった。

廊下を歩いてくる。

扉を叩《たた》く音がした。

ウィアセントが寝台から立ち上がり、扉を開けて恋人を迎え入れた。

「ああ、デクスター、まさか来てくれるなんて！」

デクスターは無言だった。何も言わずに帽子を脱ぎ捨てると、力強くウィアセントを抱きすくめた。

「……ちょっ、デクスター、そんな、いきなり……」

天使が目を剥《む》いた。

「うっひょお……」

彼は、黙れって、と言おうとしたが、やめておいた。天使は声量を抑えているし、どうせ今のデクスターにはよほどの音でないと耳に入るまい。

それにしても、彼としてはべつに見たくないが、デクスターはともかく、ウィアセントはあくまでも任務を遂行しているのだ。目を逸《そ》らすのもなんだか悪い気がする。

「デクスター、あぁっ、待って」

「待たない。待てるものか、ウィアセント」

「でも、それは……ねえ、デクスター……うぁっ……」

「俺は十分待ったんだ。待ちすぎたくらいだ。そうだ。明らかに俺は待ちすぎた」

「待っ……あ、ちょっ……」

「おまえはどうだ？　待っていなかったのか？」

「待って……待って……」

「おまえも俺を待っていたんだろう？　違うか、ウィアセント？」

「違わ……違わ……なっ……あぁっ」

「言ってくれ、ウィアセント。言うんだ。ほら」

「俺も、待っていた。待っていたよ、デクスター。俺たちは互いに待って、待って、待ち焦がれ……んんっ」

「もうしゃべらなくていい。ウィアセント、俺がしゃべれなくしてやる――」

「もひぃー……」

天使が目をぱちぱちさせた。

「ものすんげぇーことになっちまってますねぇ。こいつは激しすぎですわ。お子ちゃまには刺激が強すぎますって。わたしはひゃくせんれんまなんで、これくらいがちょうどいいですけども。ちょうどいい？　そうでもないかな……？」

「止めるわけにもいかんしな」

蛙《かえる》が喉を動かした。

「ああなると、止めようもあるまいが……」

17話　盤上に駒

デクスターはこの逢瀬《おうせ》をそうとう待ち望んでいたようだ。だからこそ、ウィアセントからの書簡が届くと、居ても立ってもいられなくなったのだろう。

書簡には、じつは自分は現在エスタースにいる、こんなことを願うことすら間違っているのだろうが、もし可能ならば、一目でいいから会いたい、会いたくてたまらない、と記されていた。また、エスタースでの書簡の受けとり方も追記されていたので、デクスターはすぐさま返書をしたためた。

そして、二人はこの宿で落ち合うことになった。

当然のことながら、愛しあう二人が久しぶりに会えば、睦《むつ》まじく語らうだけですむはずがない。

強く惹《ひ》かれあっている血気盛んな二人ならば、必然的にそういった激流に身を任せるものだろうから、ウィアセントとしてはデクスターに応えなければならない。

「……いっやぁ、けど……演技だったんですかねぇ、あれ。だとしたら、すごくね？　役者として。途中から若干、怖くなってきちゃったんですけど、わたし……」

彼は無言で天使の右頬《ほお》を人差し指、左頬を親指で押さえて挟みこんだ。

デクスターとウィアセントは、寝台で絡みあったまま ぐったりしている。小部屋にいる彼らも、さすがにもう静かにしていたほうがいい。

天使ではないが、彼も疑念を抱いてはいた。

ウィアセントはギャロによって送りこまれた間者だ。とはいえ実際、アビシアンの黄蜥《きと》蜴《かげ》旅団という伝統ある精鋭部隊の士官で、軍功もしっかりと立てている。軍人の中から素質のある者が選《よ》り抜《ぬ》かれ、諜報員《ちようほういん》に仕立てられたのだろう。

ウィアセントにしてみれば、忠実に任務を遂行しているだけなのかもしれない。しかし、傍《はた》から見るというか、隣の小部屋から盗み聞きし、盗み見ていると、デクスターとの情交を満喫しているようでもある。

あるいは、仕事は仕事で、それはそれ、これはこれ、ということなのか。

「……デクスター」

ウィアセントは仰向《あおむ》けになり、デクスターは恋人の体に半ば覆《おお》い被《かぶ》さるようにしてうつ伏せになっている。アビー人はザンタリス人の背筋をやさしく撫《な》でた。

「俺と離ればなれだった間……あなたは幸せだった？」

「幸せなものか……」

デクスターはウィアセントの手を握り、その指を口に含んだ。

「おまえがそばにいなかったんだ、ウィアセント。耐えがたかった。一日一日が長くて、長すぎて……苦しかった」

「でも、仕事には精を出してたんだろう」

「あたりまえだ。職責は全うするさ。もちろんだとも。俺は陛下にご信任いただいているんだからな」

「その責任感の強さも魅力的だ、デクスター」

「俺の力強さよりもか？」

「力強く抱きしめてくれなかったら、そもそも恋に落ちてない」

「わかってる……おまえは迷い悩んでる俺なんか見たくないだろう」

「何を言ってるんだ、デクスター。どれだけ強い者にも、脆《もろ》い部分はある。俺には隠さなくていい。何も隠さなくて……」

「ああ、くそ、なんていとおしいんだ！」

デクスターが身を起こすなりウィアセントを組み伏せた。

「……あぢゃー」

天使が顔をしかめた。

「旺盛だな、若いだけに……」

彼の肩の上で蛙《かえる》が呟《つぶや》いた。

デクスターはウィアセントとさらに一戦交える構えのようだ。

というか、すでに開戦している。

せっかくウィアセントが本題に入ろうとしていたのに、デクスターの尽きせぬ欲望によって妨げられてしまった。呆《あき》れるばかりだし、それなりに失望しているものの、彼は無表情を貫いた。

やむをえない仕儀ではある。ウィアセントにはデクスターをうまく誘導してもらわなければならない。どう見ても乗り気で、楽しんでいるようでもあるが、ひょっとしたらそこまで演技なのかもしれない。

いくばくかとは言いがたい時間が経過すると、ようやくウィアセントは寝台の上で仰向《あおむ》けになり、デクスターが恋人の体に半ば覆《おお》い被《かぶ》さるようにしてうつ伏せになった。

何やら見覚えのある姿だ。

また始まらないことを祈るしかない。

「……魔女め」

デクスターが呻《うめ》くように言った。

「おっ――」

天使が声を漏らした。

彼は天使の首根っこを押さえこんだ。

「しぃっ」

「……りょーかい」

天使はほとんど声を出さずにそう答えた。

「魔女？」

ウィアセントはデクスターの背筋をさすった。

「ああ……イルミナだったか。例の魔女は、まだ？」

「俺たち侍官《じかん》でさえ、あの魔女にはほとんど近づけないんだ。陛下のご命令だから、どうしようもない……」

「そうか……」

「結婚は義務。愛は宿命……」

「何だ、それは？」

「陛下のお言葉だよ」

「へえ？」

「これはさすがに書簡にも書けなかったが、陛下はもともと女性がお嫌いだ」

「まあ、噂《うわさ》では耳にしたことがある」

「だろうな。だから余計、みだりに口にはできない。それでも陛下は真摯《しんし》な御方《おかた》だ。お世継ぎの他に、六人もの御子《みこ》がいらっしゃる……」

「想像を絶するな……」

「何より義務を大事にされている御方だ。王の血を受け継ぎお生まれになった以上、義務から逃れることはできない」

「だとしたら、義務もまた宿命ということにならないか？」

「結局、陛下は何一つお捨てになるつもりはない。それがまったき王というものだ。そうお考えなんだろう。すさまじいお覚悟だよ。しかし、陛下が接される女性は、王后様と、王女殿下くらいのものだった」

「魔女は……当然、女のはずだな」

「どうやって陛下に近づいたのか。それがまず解《げ》せない」

「まさしく、魔女の手管というわけか」

「そうだな……まるで小娘みたいなんだ。でも、若い女なんかじゃないってことは、すぐわかる……」

「違うものか？」

「違うな。あれは、違う……陛下も変わられた。常に眉根を寄せて、歯を食いしばり、いかめしいお顔をされているが……本当は繊細な御方なんだ。国を背負っておられる……ご心労がないわけがない、それが……」

「それが？」

「妙に自信に満ち溢《あふ》れておいでで……ときに陛下をお慰めするのも、我々侍官《じかん》の役目なんだが、この頃は慰めるどころか……」

「まさか、デクスター、何か恐ろしい目に遭ってるんじゃないだろうな」

「……いや、俺は平気だ。今のところは。俺じゃないんだが、じつは――ちょっと、ある侍官がな……」

「あなたは本当に大丈夫なのか」

「……正直、わからない。その侍官から聞いたんだ」

「ああ、書簡に書かれていた……？」

「魔女は神を喚《よ》び出そうとしているらしい。神といっても、もちろん、造物主ダナンじゃない。何か……わからないが、異界の神だというんだ」

「異界の……神？」

「そう……だから、背教にはならない。その存在は、神であっても、この世界のものじゃないから、我々にとっては神じゃない……という理屈らしい」

「そのことを……陛下が、その侍官に？」

「……陛下も内心、ご不安がおありなのかもな。しかし……一方で、間もなく大いなる力がえられると、自信を深められてもいるんだ」

「だけど、その魔女とやらに……そんなことが可能なのか？」

「どうかな。わからない。ただ、王家の資産から、かなり莫大《ばくだい》な出費があって……我々侍《じ》官《かん》がその名目作りを担っているから、これは間違いないことなんだが……」

「王家の資産が魔女に渡っている、と……？」

「それ以外に考えられない。金銀だけならともかく、伝来の宝物がいくつも消えている。たとえ盗んだとしても、売って換金するのも難しいような代物だ……」

「……とんでもない話だな」

「怯《おび》えさせてしまったか、ウィアセント？」

デクスターは笑いながら体を横向きにし、ウィアセントの下腹部に顔を埋《うず》めた。

「他言すれば、誰から漏れたかすぐにわかる。そうしたらどうなるかなんて、言うまでもないだろう？　安心しろ、ウィアセント。おまえはただ、胸に秘めておくしかない話を聞いたにすぎないんだ……」

「あっ、いけない、デクスター」

「何がいけないっていうんだ？」

「それは……そこは……」

「もっと教えてやる。城の地下が迷宮のようになっていて、地の底まで続いてるって噂《うわさ》は有名だから、おまえも知ってるよな？　あれは、大袈裟《おおげさ》に語られてはいるが、事実に基づいている――」

「そっ……ん、うぁ……」

「王家の方々や、我々侍官、ごく一部の者しか立ち入れない場所もある」

「デクスター……」

「魔女は——」

「だめだ、そん、なっ……」

「陛下のお許《ゆる》しをえて、地下の禁域に立ち入っている。異界の神とやらを喚《よ》び出すために、何かやってるんだ」

「あぁ……」

「そうだ、神を……」

「デクスター。デクスター……」

「ウィアセント——」

またもや始まりそうだ。というより、始まっているのか。

彼は天使を下がらせ、半鏡の隠し戸をそっと閉めた。

「……異界の神ぃ？」

天使が首を傾《かし》げた。

「そんなのいるんですかね？」

彼は答えられなかった。

この世界とは別の世界が存在するのではないか。彼もそんな考えを抱いたことはある。その証拠とまでは言えないが、別の世界を想定することによって説明しやすくなる事象がいくつも確認されているからだ。

天上で目にした球体も引っかかっている。

夜空にまたたく星の一つ一つがこの大地と同じ球体で、それぞれに生物が棲息《せいそく》しているのではないか。彼はかつてそのような仮説を立てた。

地上から観測しうるもっとも大きな天の球体、すなわち天体は月だが、他にも水星、金星、火星、木星などが知られている。太陽も天体だ。激しく燃えて強烈な光を放っている太陽はともかく、他の天体はこの大地のような一つの世界なのではないか。

遠くのものを拡大して見る方法がある。それによって月を観察したところ、この大地とはだいぶ様相が異なるようだった。そうはいっても、実際に月まで行ってこの目で確かめたわけではないのだ。あの環境で生存できる生物などいないと断言できるのか。できない。

ひょっとしたら、月にも生命が存在しているかもしれない。

あるいは、別の世界はこの世界から知覚することはできず、行き来できない。それか、特別な条件が揃《そろ》ったときだけ行き来できる。

だとしたら、天上にいるあの神ならばどうだろう。別の世界について、何か知っているのではないか。

「神に――」

「はい?」

「いや」

天使に神との仲立ちを頼んでも無駄だろう。すでに天上から追放された身だから、自力で天上に戻ることができない。正確には天使ではなく、元天使なのだ。とはいえ、彼が考えるに神の分身だし、神と何らかの繋《つな》がりを保っているに違いない。

たとえば、天使が神に伺いを立てたり、神の力を借りたりすることはできないとしても、神が天使を用立てることは可能なのではないか。

今このときも、神は天使を通して、すべてを見聞きしているのかもしれない。

彼は神が全知全能であるなどとは信じていないが、常人から見れば全知全能であるかのように振る舞うことはできるだろう。少なくとも、彼よりは遥《はる》かに地上の情勢に通じているはずだ。

魔女イルミナが関わっているとおぼしきこの出来事も、神は知りえている。だが、神はなるべく地上に関与しない方針のようだ。

その神が彼を不老不死にした。

あまつさえ、自らの分身である天使を一人、元天使の体裁で彼のもとに送りこんだ。

「……僕は、駒か」

「何だと？」

蛙《かえる》が尋ねた。

「貴様が誰の駒だというのだ」

「さあね」

彼は苦笑した。

神にしてみれば、万物が駒のようなものだろう。しかし、直接この場に彼を送りこんだのは神ではない。ギャロだ。無理強いされたわけではないが、イルミナの話を持ち出したら彼は断らないと、薔薇《ばら》の王子は見抜いていた。

西の王との戦いにおいても、ギャロはしばしばもっとも厳しい戦場に救世の勇者を立たせようとしたものだ。そして、勝利を重ねれば重ねるほど、彼の名声は高まった。彼にとっては迷惑千万だったが、ギャロを恨むことはできない。

なぜなら、誰に何を頼まれたにせよ、受《う》け容《い》れる判断を下したのは彼自身だからだ。

18話　僕には僕の理由がある

　どれだけ厳重な警備体制が敷かれて出入りが制限されていようと、彼が一度入ると決めてしまえば入れないということはまずない。

　彼と、外套《がいとう》の中に潜んでいられる蛙《かえる》だけなら問題ないとしても、天使は論外だ。邪魔にしかならない。

「いいぃぃいいいぃぃいいぃやあぁぁぁぁぁああああぁぁぁぁぁぁわたしもぉぉぉいくぅぅぅ」

　アダツミがエスタース内に用意した隠れ家の床の上で大の字になって、天使は駄々《だだ》をこねまくった。

「連れてけないって……」

「わたしもわたしもわたしもいくっていったらいくんですぅぅぅぅ。わぁぁたぁぁぁしぃいぃもぉぉぉいぐぅぅぅぅぅ。いいいいぃぃぃぃぃいやあああぁぁぁぁあああぁぁぁぁ」

　天使の喚《わめ》き声《ごえ》の音量は高まりつづけ、高止まりすることすらなさそうだった。このままでは近所迷惑というか、騒動になりかねない。やむをえず押さえこんで口をふさごうとすると、天使は彼の寝技に抵抗した。それだけではなく、反撃に転じた。

意外や意外、天使は寝技の妙手だった。一瞬の隙を突いて彼と体勢を入れかえ、肩関節を極《き》めた。さらに、首を圧迫して落としにかかってきた。

「どうですか、どうなんですか、どんな気分か言ってみやがれってんですよぉ。ほらほらほらぁ。使いたいなら秘術を使ってもいいんですよ、ネルネル。自慢の秘術を使わないと、こぉーんなかわいい女の子にも勝てないなんて、誰にも言いませんから安心してくださいな。二人だけの、ひ、み、つ。ですねぇ」

「私もいるが……」

蛙が離れたところから二人の攻防を見物している。

「ふふふっ。蛙さんはノーカンです！　所詮、蛙さんですから！」

天使は彼の右腕を左腋《わき》に引きこんだ上、右腕を彼の首の後ろに回しており、抜けだせそうなのだが、なぜか抜けだせない。

「な、何なんだ、この……技？　技なのか……？」

「袈裟《けさ》固めも知らないんですかぁ？　ネルネルもまだまだですね。甘ちゃんですねぇ」

「や、こんなのやったことないし――」

「立ち技や寝技どころか、接近戦自体、専門じゃないですもんね、ネルネルは。組んでみたら、力もそこまでじゃないし。弱点はっけーん。ぷぷっ」

「……必要ないんだって。くっそ、なんで――」

「おらおらおらぁ、秘術を使いなさいよ。いいんですよ、使っても。秘術を使わないと、わたしみたいにちっちゃなかわいい女の子にすら勝てないってことは、ちゃーんと黙っといてあげますからねぇ？」

「いや、絶対、あれだろ、何かやってるだろ。おかしいよ、いくらなんでも——」

「どうですかねぇ？　どうかなぁ？　どっちでもよくないですかぁ？　てゆうか、そろそろ降参して、わたしも連れてくって約束してくださいよ。ね？」

「……連れてかない」

「いいじゃん、けち！」

「あのな……僕はイルミナの情報を何一つと言っていいほど持ってないんだ」

「だから、何だっていうんです？」

「わからないんだよ、何も。手の内がまったく読めない」

「けど、ネルネルは死なないじゃないですか」

「きみはどうか、わからないだろ」

「わたしは神の分身なんでしょ？　ネルネルがそう言ったんですよ？」

「いくらでも替えがきくってことだ。いいか、天使。きみが消し飛んでしまっても、神は痛くも痒《かゆ》くもない。だけど、僕は——」

「……ネルネルは？」

天使の力がゆるんだ。

彼はその好機を逃さずに、天使の袈裟《けさ》固めからするりと脱出した。

「ああっ！」

天使はすかさずまた組みついてこようとしたが、同じ手は食わない。秘術で天使を傷つけたくはないが、秘術による防壁を築いて接近を阻むだけなら心が痛むことはないのだ。

「こんのぉ！　ちっくしょうめぇーっ！　救世の勇者は寝技弱々だってこと、世間に言いふらしてやるんですからね……！」

「べつに言いふらしてもいいから、今回はおとなしく留守番しててくれ。アダツミに頼んで、安全な場所を確保してもらうから」

「わたしの辞書に、安心や安全なんていう単語は載ってないんですよ。スリルがなくて、何が人生かっ」

「元天使だろ。そもそも人生送ってないじゃないか……」

「いいんですよ、細《こま》ぇーことはっ。わたしが言いたいのはですね、魔女イルミナの情報が何もないってことは、もしかしたら負けるかもしれないわけでしょ」

「負けはしないと思うよ。侮るべきじゃないけど、とはいえ僕は死なないっていうか、死ねないわけだし」

「死なない、イコール、負けない、とは限らないですよね」

「うむ――」

蛙《かえる》が天使の体をよじ登るというかぴょんぴょん跳ねて、肩の上にまで達した。

「その点については、私も天使に賛成だな。実現性はともかく、不死の貴様を敗北に追いやる方法は、私でもいくつか考えつく」

「蛙さんがぁっ……!?　蛙さんなのにぃぃ……!?」

天使の混ぜっ返しを無視して、蛙が続けた。

「たとえば、蟻地獄《ありじごく》のような空間に貴様を陥れ、閉じこめることができたら、私の勝ちと言えるのではないか。貴様はそれでも未来永劫《みらいえいごう》死なないが、ただそこにいるしかない」

「ただそこにいるしかない、とは限らないよ」

彼は淡々と反論した。

「ある程度の期間、そこから出られないっていう状況は十分ありうるし、僕も想定してる。でも、その状況が永続するとしたら、僕には無限の時間が与えられるんだ。いつかは何か考えつくし、それがうまくいかなくても、次の手を試す」

「いずれは出られる。従って、負けはない、か」

「最終的にはね。だけど、一時的に負けることはあるかもしれない」

「もしそうなったら、ですよ！」

天使が秘術の防壁に顔を押しつけて怒鳴った。

「ネルネルとはこれっきりっていう可能性も、ないわけじゃないですよね!?　ついてかないでバイバイしたら、わたしにとってはそれが今生《こんじょう》の別れになっちゃうかもしれないんですから！　そんなのわたし、いやですもん！」

なぜいやなのか。

彼は尋ねようとしたが、やめておいた。何かそれは適切な質問ではない気がする。

「じゃあ、こうしよう」

彼は秘術の防壁を消失させた。途端に天使が飛びかかってくるのではないかという恐れはあった。しかし、天使はそうしなかった。

「僕は無事に戻ってくる。だから、待っててくれ」

「無茶《むちゃ》はしませんか？」

天使は彼の目をまっすぐ見すえた。

「西の王を討ち果たしたときみたいなことは、しないでくださいね。それもついでに約束してください」

「……そのへんも知ってたのか」

「あっ」

天使は両手で口を押さえた。

「ええと……当時は現役ばりばりの天使でしたし……」

「初仕事だって言ってたけど」

「仕事に関する情報はしっかり与えられてたんで！　ですからまあ……ネルネルが今までどんな代償を払ってきたのか、世の人間どもよりはわかってるつもりなので。そういうの、もういいと思うんですけど。だってネルネルは、勇者、辞めたんですよね？」

「僕は最初から勇者なんかじゃないよ」

「だったら余計、他人のためにとか、考えなくてよくないですか？」

「他人のためじゃない。僕は僕のためにやってる」

天使が眉をひそめた。金色の瞳はわずかに揺れ動いている。

彼は理解を求めはしない。他者への説明は必要最低限にとどめてきた。しかし、本当に理解を欲していなかったのだろうか。

　師に連れ去ってもらうまで、彼は母親、妹と暮らしていた。彼が何か話すごとに母は戸惑っていた。彼にしてみれば不本意だった。母が知らないことを尋ねて、困らせたかったわけでは決してない。母は種々の労働で疲れきっていた。長々と彼の話を聞かせるよりも休ませてあげるべきだった。それならば、どうして彼は何だかんだと母に話して聞かせずにはいられなかったのか。

　彼は失笑しそうになった。なぜ母に話を聞いて欲しいのか。その理由を母に説いた日の記憶が蘇《よみがえ》ったのだ。

――僕は何か新しいことを知ると黙っていられないんだ。それを話したくてしょうがないし、誰かにわかって欲しい。誰かにわかってもらえたら、そのぶん僕もわかったことになる。僕だけわかっていても意味がないんだ。だから僕はお母さんに話すんだよ。お母さんに聞いて欲しいんだ。お母さんはそんなこと聞きたくないって思ってる。それは知ってる。でも、僕はお母さんに聞いて欲しい。お母さんがわかってくれたら、一番いいと思うんだ。だって、お母さんは僕を産んでくれた人だし、妹を大事に育ててくれてて、妹のことはかわいいし、僕はお母さんのことも妹のことも大好きだから。お母さんに僕の話を聞かせて、わかってもらえたら、すごくすてきだと思う。毎日がすてきになる。でも、お母さんは疲れてるから、これで終わりにするよ。ごめんなさい。大好きだよ、お母さん。あのね。念のために言っておくけど、たとえお母さんが僕の話を聞く気になれなくても、僕は幸せなんだよ。世界は知らないことに溢《あふ》れてて、本当に楽しいんだ。これはぜんぶ、お母さんが産んでくれたおかげなんだよ。ありがとう、お母さん。これで本当に終わりにするからね。おやすみなさい。愛してるよ。ずっと愛してる。

母に理解して欲しかった。しかし、母にそれを求めるのは酷だった。

彼は、母曰《いわ》く、父親に似ているらしい。

父親は流れ者だった。彼が生まれて間もなく、父親は死んだ。もともと肺を病んでいたようだ。

彼と妹とは半分しか血が繋《つな》がっていない。母は流れ者と所帯を持ったために、家族との縁が切れていた。生きてゆくために村の方々で奉公をしていたのだが、ある男に乱暴された。そして妹を産んだ。

――おまえはお父さんにそっくり。

母は何度となく彼にそう言った。

彼の父親は多くの国を旅し、たくさんの言語を操ることができた。謎めいていて、孤独だったという。驚いたことに、彼の父親について母が知っていたのはその程度だった。聞いてもどうせよくわからないから、聞かなかった。母はそう言っていた。聞かなければ、わかるはずもないのに。

母はそういう人だった。彼とは相容《あいい》れない。

いつしか彼はあきらめた。彼は母に理解して欲しい。しかし、母は必ずしもそうではない。理解しがたいことを理解しようとするだけの余裕も母にはない。それならば、求めないほうがいい。むしろ、求めるべきではない。

「僕は……常にじゃないけど、嘘《うそ》をつく。騙《だま》したり、欺いたりすることもある。これは、僕が使う秘術について、誰にも明かさないことも含めての話だ」

人びとに、英雄、勇者などと呼ばれてはいたが、そのような存在になろうと志したことはない。そう呼ばれることが苦痛ですらあった。

「でも、僕は……自分自身を偽りたくない。そんなことをしたら、僕が僕でなくなってしまう。それだけは我慢ならない。生きている限り、僕は僕でいたいんだ。だから、誰かに何か頼まれて……もし、やろうと思ったら、僕はそうする。他人のためじゃないんだ。本当に。僕が選ぶ。結果はどうあれ、僕がやったことだ。ぜんぶ引き受ける」

「どんなにひどいことが起こっても、ですか？」

天使が何を指して、ひどいこと、と言っているのか。彼にはわかっていた。

「ああ。選ぶっていうのは、そういうことなんだ」

「ネルネルは、無事に帰ってくるんですね？　わたしに約束することを選んだ」

「何か必要かい」

「指切り、知ってます？」

「いや、知らない」

「こうやるんです」

天使は彼の右手を取った。彼の右手の小指と、天使の右手の小指、すなわち小指同士を絡みあわせる。

「指切りげんまん。いいですか。これから、わたしと一緒に唱えてください。一言一句、間違っちゃだめなんですからね」

「わかった」

「真似《まね》して。ゆーびきーりげんまん」

「指切りげんまん」

「節回しも！」

「……ゆーびきーりげんまん」

「うーそついたら」

「うーそついたら……？」

「はーりせんぼん、のーます」

「は、はーりせんぼん、のーます……針を千本……？」

「指切った！」

天使はそう言うなり、彼の小指から自分の小指を離した。

「これにて約束成立です。太古より伝わる……のかどうかはわかりませんけど、たぶんどこかで有名な誓いの儀式なんですよ。破ったら、針千本のんでもらいますからね」

「痛そうだな、それ。僕は死なないけど……」

「死ねずに悶《もだ》え苦しむわけか……」

蛙《かえる》が天使の肩の上でげこっと鳴いた。

「その約束は破らんほうがよさそうだぞ、パルパネル」

「破らないよ」

彼が手を差しのべると、蛙が跳び移ってきた。

「むーん……」

天使が腕組みをした。

「でも、なんっか納得いかないんだよなぁ。なんでわたしのことは置いてくのに、蛙さんは連れてくんですかね」

「それはだな——」

蛙は彼の外套《がいとう》の中に潜りこみ、襟から顔だけ出した。

「一つには、もともと私はパルパネルに封じられた呪いそのもので、災厄でしかない。私がどうなろうと、べつにかまわんのだろう」

「えぇー。そうなのかなぁ？　ほんとにぃ？　ネルネル、意外と蛙さんのこと気に入ってませんっ?」

「蛙は好きだからね」

彼が言うと、蛙はびくっと身を震わせた。

「……か、形がかわいいとか、それだけの理由なのだろう。たしか」

「うん。それでおまえを蛙にしたんだ」

「なぜよりにもよって、かわいい生き物になど……もっとこう、醜悪で嫌悪せざるをえんものでもよかったろうに……」

「そうしなかった理由がある」

「ど、どんな理由だ」

「教えない」

「秘密主義かっ」

「まあね」

「ここには私と天使しかおらんのだぞ」

「僕の頭の中だけにあることと、いったん言葉にしてしまったこととは明確に違う。これでもしゃべりすぎなくらいだよ」

「ふん……」

蛙《かえる》が外套《がいとう》の中に引っこもうとした。

「あっ、待って」

天使が呼び止めた。

「蛙さん、『一つには』って言いましたよね。他にもあるってことですか。なんでネルネルが蛙さんだけ連れてくのか」

蛙は黙っている。

「べつに――」

彼が適当にごまかそうとしたら、蛙が笑った。

「魔女とやらが何を目論《もくろ》んでいようと、パルパネルにとっては子供騙《こどもだま》し同然かもしれん。退屈する羽目になったときに、話し相手がいないよりはいたほうがよかろう」

「ふむふむ、なるほど……そうなんですか、ネルネル？」

「そんなとこかな」

彼がさらりと肯定すると、蛙が外套の中に入りこんだ。

「貴様が存外、寂しがりだということは知らんようだな。天使のやつ……」

外套の中でそっと呟《つぶや》いた蛙を、叩《たた》き潰《つぶ》してやってもよかった。しかし、そんなことをしたら、いざというときに話し相手がいない。それはそれで不便だ。

intermission

Part19

魔女

Palpanel and the frog sneak in the labyrinth.

Part20

異なる世界

Palpanel is trapped in Something.

Part21

ありがとう。

Palpanel may have saved the world again.

19話　魔女

地下迷宮さながらではない。

正真正銘、地下迷宮だ。

王の都エスタースは、タリス伝道団が建設した植民都市の一つだが、更地だったわけではない。この地には、ハーランティーンというアビー人の古都があった。タリス伝道団はハーランティーンを攻め落とし、そこに新たな都市を築いたと言われている。

「もとになってるのは、ハーランティーンの地下神殿か――」

アビー人は今も巧みな石工だが、大昔には途方もなく巨大な石造建築を築き上げていたという。ところが、完成させた建築物を、なぜか自分たちの手で崩してしまう。石材は再利用され、その際、特徴的な印が彫りこまれる。結果、何度も繰り返し使われた石材は、工芸品のような模様で彩られている。

「アビー人が信仰してるダナン教の教えによると、人は死後、魂が地底に沈んで、冥域《めいいき》の八界《はっかい》を巡ってから、ナヘルの塔経由で天に昇る。それで、たしか昔は地下に特別な墓所を設けてたはずだ。でも、墓所そのままってわけじゃなさそうだな……」

地下一層は、入り組んでいるものの整備された通路と石室で構成され、あちこちに油灯《ゆうとう》が設置されていた。油灯は火がついていないが、給油されている。出入り口以外に警備の人員はいなかった。人が行き来した形跡はある。大部分の石室は施錠されていた。倉庫か何かとして用いられているようだ。

地下二層はなんと、地下一層よりも広かった。半分程度が二階建てのような形になっており、アビー人の墓室が一部残っている。拝堂らしき空間もあり、神像もあった。造物主ダナンを象《かたど》ったものだ。ザンタリスでよく見られる石堂に安置された簡素な神像と違い、かなり精巧に造形されている。アビシアン建国前のアビー人が崇《あが》めていたダナンは、両性具有で四本の腕を持つ。

地下二層の探索中に縦穴を発見した。おそらく一層の石室から、この二層、三層、さらに下へと繋《つな》がっている。ただの穴ではない。頑丈そうな鎖が垂れ下がっている。

「昇降機か」

「何だと？」

外套《がいとう》の襟から顔を出している蛙《かえる》は、機械仕掛けには不案内らしい。

「簡単に言えば、あの鎖に籠みたいなものを吊《つる》して、巻上機で引っぱり上げたり降ろしたりする」

「その籠に、人や重量のある物体をのせて運べるわけか」

「うん」

「なかなかに大きな穴だな。鎖が錆《さ》びていない。油が差してあるようだ。長らく利用していないという様子ではなさそうだぞ」

「それどころか、頻繁に使われてるみたいだ」

「どうする？」

「ここは興味深い。隅から隅まで見て歩きたい気持ちもあるけど、そんなことをしている場合じゃないな」

「降りてみるか」

「ああ」

昇降機を動かす必要はない。彼は秘術で縦穴を降下していった。

地下三層を過ぎて、地下四層に到達した。昇降機の籠がある。籠といっても、板張りの四角い床に、手すりのような低い柵を立てただけのものだ。柵は床の三辺に設《しつら》えられ、残りの一辺にはない。そこから出入りしたり、荷物を積み降ろししたりするのだろう。

地下四層は、逆さにした椀《わん》状の蓋を窪地《くぼち》の上に被《かぶ》せたような様相を呈しているらしい。昇降機は窪地ではなく、窪地から上がった先にある。昇降機から窪地にめがけて道が造成されており、滑車か何かが通った跡が確認できた。昇降機で重い物を地下四層まで降ろし、窪地に運びこんだのだろう。あるいは、その逆かもしれない。

彼は暗くても秘術の助けを借りればある程度見えるが、地下四層では秘術を使うまでもなさそうだ。

ここには明かりがあった。

昇降機のそばから、道の脇、窪地の縁に、拳大の照明器具がたくさん設置されている。

「この灯《あか》りは……古代魔法か？」

蛙《かえる》が小声で言った。

彼は首を横に振った。

「いや」

硝子《がらす》の容器の中で青い光が揺らめいている。彼は以前、古代魔法を用いた道具で、これと似たものを見たことがある。ただし、この照明器具は容器から細い管がのびており、どこかに繋《つな》がっているようだ。

おそらく、青い光を放つためのエネルギーがその管を流れている。

別の場所にエネルギー源があるのだ。何ものかが、あるいは、何らかの設備によって、エネルギーを生成している。

「古代魔法の技術だと、装置の中でエネルギーを発生させる。こういう形でエネルギーを伝える形式のものは見たことがない。僕が知らないだけかもしれないけどな」

「しかし、この音は……」

蛙《かえる》がきょろきょろとあたりを見回した。お互い声を潜めているとはいえ、彼と蛙が口をつぐまずに会話を交わしているのは、低い音が響いているからだった。

その音は、微妙に振幅しながら、片時も途切れず彼の鼓膜を刺激しつづけている。

肉食獣の唸《うな》り声《ごえ》をずっと低くしたような、だが、それとも明らかに異なる、何とも表現しがたい音だ。

たぶん、この音は窪地《くぼち》から聞こえてくる。

窪地に何かがあるのだ。

そこで何かが行われているのだろう。

「いるのか？　魔女が……」

蛙の問いには答えなかった。彼は窪地に向かって足を進めた。

イルミナ。

師フォーネットを含めて、何もかも見下しているような態度を崩さない女性だった。もちろん、弟子である彼のことも、彼女は下に見ていたに違いない。弟子に謙虚であれなどとは諭さない師だった。師が弟子に失望したり、叱責したりするのは、師の問いに弟子が答えないときだけだった。彼女は必ず淀《よど》みなく答えた。彼も同じだった。すぐに彼は彼女と競うようになった。二人とも傲慢で、自分が相手にひけをとるとは思いもしなかった。

競争は必然だった。

師のもう一人の弟子キルマンは、正直なところ、彼と彼女より一段も二段も劣っていた。それでもキルマンには美点があった。思考を飛躍させることはできないが、根気強く、周到だった。何より思いやりがある人物だった。

彼はキルマンのことが嫌いではなかった。

どちらかと言えば、好きだった。

彼女はキルマンを徹底的に蔑んでいた。

そんな彼女に対しても、キルマンは親切だった。

彼女はキルマンを激しく非難した。

――欺瞞《ぎまん》だわ。この偽善者。いいえ。違うわね。あなたはただ、私を憎んでみじめになるのが堪えられないだけ。自分自身を守ろうとしている。愚かな敗残者。結局、保身しか頭にないのね。くだらないわ。もっと他のものでそのつまらない頭を満たしたらどう？

彼女は細身で手足が長く、髪も長かった。前髪と後ろ髪をまっすぐ切り揃《きそろ》えることができると満足し、機嫌がよくなった。顎を引いて、三白眼で睨《にら》みつける目つきが印象に残っている。笑っても、彼女の目だけは憤っているかのようだった。

彼女が師のもとから去ってしばらくすると、キルマンも旅立った。本人に確かめたことはないし、当時は考えもしなかったが、キルマンはおそらく彼女を愛していたのだろう。だとするなら、彼女はそのことに気づいていたはずだ。

キルマンは彼女を追い求めたかもしれない。

二人はその後、出会っただろうか。

——パルパのネル、きみは類《たぐ》い稀《まれ》な天才だし、もしかしたらゆくゆくは始まりの大魔導師サーマノークに匹敵する魔術師になりうるかもしれない。それでも、きみが一人の人間だってことだけは忘れないでおくれ。

兄弟子が残した言葉を自分がどのような心持ちで聞いたのか、彼は思いだせない。それでも、口ぶりと内容は一言一句覚えている。

——どこまでも冷たい理知と、あたたかみのある心、その両方が人間には備わっている。きみにも必ずあるんだ。いつかきみが誰も辿《たど》りつけない高みに登りつめても、その心は失われていない。きみが人間であることを忘れることはあっても、きみが人間でなくなることは決してないんだ。

思うに、彼はとりたてて感銘を受けなかったのだろう。こうやって振り返っても、彼の胸が震えることはない。

キルマンは凡庸だった。なぜ師はあのような男を弟子にしたのか。単なる気の迷いか。見誤ったのか。いずれにせよ、師と弟子三人の時代は、渦巻く知的な衝突と感情的な不和の中心に、いつも特別なぬくもりが存在していた。それはきっとキルマンがいたからだ。

師もやはり一人の人間だった。ゆえにキルマンのような男を求めたのだろうか。

窪地《くぼち》は直径百メトロ以上で、深さは十メトロほどにも及びそうだ。窪地の内部全体が金属質のもので覆われている。貨車の通り道は窪地内にもあった。その部分も金属質のもので舗装されているが、他とは明確に区別できる。

「この金属は……合金か。青銅に似てるな。燐《りん》も含まれてる――」

窪地の中央には、四本脚の台のような構造物が設けられていた。

台の上に釣り鐘形の物体が載っている。

彼は直感した。

あれは何らかの装置だ。あの装置が低い音を発している。

台の下には、井戸でも掘られているのか、穴らしきものがある。

女がこちらに背を向けて立っている。台のすぐそばだ。いくらか進めば、穴を覗《のぞ》きこめるだろう。

女は長い髪を腰のあたりで一直線に切《き》り揃《そろ》えている。

薄布のような衣しか身につけていない。

細身だ。

「あぁ……」

女が振り向いた。前髪も一直線だ。顎を引いて、彼を睨《にら》みつける。あの目だ。

「誰かと思えば。パルパのネル」

「やあ」

彼はほんの少し迷ったが、立ち止まらずに窪地《くぼち》の斜面を下りつづけた。

「久しぶりだね、イルミナ」

「そうね」

イルミナは唇を笑わせた。目はやはり笑わない。

「久しぶり。あの頃はまだ子供だったのに。大きくなったわね。でも、まるで子供みたい。いいとこ若造ね。絵に描いたような青二才」

「きみは相変わらず、口が悪い」

「率直なだけよ。パルパのネル。史上最高最大の英雄？　救世の勇者だったかしら。そう呼んであげたほうがいい？」

「好きに呼んでくれていいよ」

「じゃあ、ネル。いろいろ聞いているわ。聞きたくなくても耳に入ってくるのよ。ご活躍ね。愚にもつかない俗人たちのために駆けずり回って。その才能を無駄遣いしている。フォーネットはそんなことで骨を折るためにあなたを弟子にしたんじゃないと思うわ」

「師はゼフィアロ塔から身を投げて命を絶ったよ」

「そう。興味ないわ。あの人、あなたを弟子にとったころから頭が弱りはじめていたもの。ひょっとしたら、あなたを弟子にしたことがきっかけかもしれないわね」

「あなたは想像以上だったのよ。あの人はあなたの天賦の才に脅かされた。それか、あきらめたのかもしれないわ。先々あなたの手が届く場所に、あの人はふれることすらできない。ひどく打ちのめされていたのは事実ね」

「僕が？」

「そんなふうに感じたことはなかった」

「鈍感なのよ、ネル。あなたは鈍くて、残酷なの」

イルミナは体を穴に対して横向きにし、顔は彼のほうに向けている。

彼は足を止めた。

たとえ剣を抜き放ったとしても、ぎりぎり彼女に届かない距離だ。

体勢のせいもあって、彼女の体の薄っぺらさがよくわかる。彼女は骨が細く、肉付きも薄い。それでいて、頬《ほお》はいくらか丸みがある。小娘みたいなんだ。デクスターがそう言っていた。たしかに、今のように夜着めいた薄衣ではなく、普段着で街中を歩いていたら、若い娘と見なされてもおかしくはない。

「きみは変わっていないね、イルミナ」

「そう長くは維持できないわ」

イルミナはため息とは呼べないほど小さく息をつき、ほんの一瞬、彼から目をそらした。すぐにまた睨《にら》みつけた。

「この見た目、けっこう気に入っているのよ。でも、このままではいられない。変化するのはしょうがないわ。何ものもただとどまることはできない。だけど、退化するのはいや。鈍感で残酷なネル。あなたも同じでしょう」

「退化も変化の一形態に過ぎないんじゃないかな」

「屁理屈《へりくつ》というのよ、そういうの。嫌いだわ、あなたのことが。心底、嫌い。感謝しているのよ。あなた、西の王を倒したんでしょう」

「まあね」

「おかげでザンタリスの王に取り入ることができたのよ。西の王との戦いで、ザンタリスは消耗を恐れて兵と物資を出し惜しみした。持久戦になると読んだのに、あなたがさっさと終わらせてしまった。トーマ王は長い戦乱を耐え忍んだ賢王として讃《たた》えられるはずだったのに、今や大義にもとる不義理で利己的な吝嗇《りんしょく》王よ。これから間違いなくアビシアンとライマールが手を組んで、あの手この手でザンタリスを攻め立てるでしょうね」

「きみは王の不安と焦りにつけこんだわけか」

「あなたがトーマ王を追い詰めたのよ。おいたわしいことだわ」

かつて魔術師は、詐欺師か手品師、あるいは、見果てぬ夢を追う変人と見なされていた。魔術師が魔術によって破壊や破滅をもたらすことは、ほとんどなかったのだ。少なくとも、公然とは。

しかしながら、西の王との戦いでは何人もの魔術師が表舞台に立った。戦場で魔術を使った魔術師たちは、敵に狙われて大半が命を落とした。現実的な脅威となりえたからこそ、敵は魔術師を優先的に排除しようとした。

イルミナがトーマ王に何を語ったのかはともかく、王はそれを信じたのだろう。王は魔女の助力をえて国を守ろうとしたに違いない。

そして、イルミナは王を欺いた。

トーマ王とザンタリスに力を与えるつもりなど、魔女イルミナにはないはずだ。

「どうした、パルパネル――」

外套《がいとう》の中から蛙《かえる》がせっついた。

一応、剣が届かない距離を保っているが、彼は今すぐにでもイルミナを殺せる。イルミナは当然、何らかの魔術で防御しようとするだろう。それでも彼の秘術を完全に防ぎうるとは考えづらい。せめぎ合いや攻防はあるにせよ、勝つのはイルミナではなく彼だ。

彼としても、破壊や破滅を実現するためにこの力を練り上げたわけではない。必要に応じ、初めは応用としてそれを行ってきた。次第に創意工夫が積み重ねられ、秘術の一部は先鋭化し、もはや兵器と化している。

彼はイルミナを殺せるだろう。

殺すべきだ。

地下四層の有様から類推できる魔術は今のところない。

イルミナは何をしようとしているのか。

異界の神を喚《よ》び出す。

トーマ王はそう聞かされたようだ。

異界の神とは何なのか。

その神が存在する異界とは?

いわば謳《うた》い文句《もんく》にすぎず、真相はまったく異なるのかもしれない。

だとしても、彼には想像がつかない。

――知とは何か?

師からの問いに、好奇心だと答えたのはイルミナだ。

――知らないもの、わからないものに対して、それは何だろうと思う。知りたい、解き明かしたいと感じる。これが知の源泉で、根本なんじゃない?

彼は知りたいのだ。

これは何なのか。

イルミナは何をしでかそうとしているのか。彼には思いもよらぬことなのか。それは本当に可能なのか。

本人から聞きだしたい。

「いつでもよかったのよ」

イルミナが体の向きを変えた。穴のほうへ向けたのではない。こちらだ。

彼女は穴を背にし、彼のほうに体の正面を向けた。

「もうほとんど準備はできている。せっかくだし、見せてあげてもいいわ」

「何を――」

彼は訊《き》くべきではなかった。イルミナを殺すべきだったのだ。

イルミナが一歩あとずさりした。二歩も下がれば、そこは穴だった。

彼は予測できていなかった。

だから、魔女イルミナが後方に倒れかかって穴に落ちてゆく様を、ただ見送ることしかできなかった。

イルミナの姿はすぐに見えなくなった。

もちろん彼は穴の縁に駆けよった。そのとき彼は泡を食っていた。外套《がいとう》の襟から蛙《かえる》が顔を出した。

「おい、パルパネル……」

彼は黙っていた。言葉が浮かばない。穴の内側は例の金属質のもので覆われていた。とっさに、それほど深くないのではないかと思った。底は見えない。ただただ暗い。

イルミナは穴に落ちた。

事故ではないだろう。

彼女は自ら落下することを選んだ。

身を投げたのだ。

そういえば彼らの師も、ゼフィアロ塔の頂から前向きで飛び降りたのではなく、後ろ向きで落下したらしい。

師を思った刹那、穴の底から光が射《さ》してきた。

彼は光と感じたが、真にそれが光だったのかどうか、定かではない。ともあれ、彼の視界はただちにそれで埋め尽くされた。彼は目をつぶったが、それは消えなかった。ふたたび目を開けても、やはりそれしかない。

色で言えば、白。純白。真っ白だ。

白い。

どこまでも。

白だ。

限りない、白。

しかし、果たしてこれは白なのか。

20話　異なる世界

異界の神とは何なのか。これがイルミナのやろうとしていたことなのか。彼女は成功したのか。それとも失敗したのか。

これは何だ？

白い。白。白一色だ。そうではないのか。

無。

何もないのか。

ただただ何も存在しない。

だとするなら、彼は？

パルパのネル。

パルパネルはこうやって思考している。しかし、何も感じない。何の音も聞こえない。どこかに立っているような感覚もない。白。どこまでも続く、白。これは、何も見えていないということなのか。ただ思考だけがある。思考することしかできない。呼吸はどうだろう。彼は息をしているのか。わからない。息苦しさのようなものは感じない。

心臓はどうか。心臓が動いていなければ死んでいる。ただし厄介なことに、彼は死なない。死なないということは、心臓は止まらないのか。心臓が止まっても、死なないのか。

神よ。答えろ。教えてくれ。きみが与えた不死とは、いったい何なのか。

返事はない。期待していたわけでもない。

天使を連れてこなくてよかった。

蛙《かえる》は？

アルダモート？

おまえはどこにいる？

いないのか？

消えた？

滅ぼされたのか？

「……ここは──」

声が聞こえた。彼自身の声だ。

白ではない。一瞬前までは白かった。一変した。

赤い。

砂地なのか。砂漠だろうか。平坦《へいたん》だ。極端に。完全に、と言うべきだろうか。単なる平面のような赤い砂漠が、果ての果てまで広がっている。

空は黄色い。

日が傾いているのか。太陽らしきものは見あたらない。

「蛙は……」

そもそも、彼は外套《がいとう》を身につけていない。外套だけではない。

何も着ていない。何も持っていない。徒手空拳。全裸だ。

「どういうことだ……」

彼は歩きだす。歩いているはずだが、彼は地面を踏んでいるのか。これは地面なのか。

砂漠。いや、砂地ではない。彼は何も踏んでなどいない。ただ歩いている。歩くように、
彼の脚が動いている。

地面は赤い。

空は黄色だった。

歩くごとに、変わってゆく。赤い地面、黄色い空が、回転しはじめる。

いつしか向かって右側が赤く、左側が黄色い。

彼は振り返る。

やはり、向かって右側が赤く、左側が黄色い。

「引き返せない……のか……？」

彼は進むしかない。しかし依然として、歩くように彼の脚が動いているだけだ。

空は赤く、地面は黄色い。
天地はさらに一回転し、二回転する。
彼は見上げる。
上に、何かいる。
遥《はる》か上だ。
「イルミナか……?」
かなり遠い。高いのだろうか。とにかく、小さくしか見えない。人のようだ。
彼はそこに昇ってゆく。
上昇するといっても、歩くだけだ。歩くように脚が動いている。上へ。
彼女のもとへ。
天地は混じりあい、橙色《だいだいいろ》に染め抜かれる。
一人の女が彼を見下ろしている。
髪は長く、前髪も、後ろ髪も、まっすぐ切《き》り揃《そろ》えられている。
彼女は痩せているというよりも、やわらかな肉づきを拒絶している。
彼と同じく、彼女は何も身につけていない。
橙色の場所で、彼と彼女は向かいあう。
「イルミナ……きみは……イルミナなのか……?」

「パルパのネル」

イルミナは顎を引き、三白眼で彼を睨《にら》みつけ、唇だけ笑わせる。

「パルパ。パルパのネル。パルパネル。パルパ。勇者。救世の。世を救う。英雄」

「……きみは……」

「ネル。パルパのネル。フォーネット。魔術師フォーネットの弟子。パルパのネル。ネル。パルパネル」

「……違うな……イルミナじゃない……誰だ……？」

「イルミナ」

橙色が彼女に流れこむ。彼女の目に、鼻に、口に、橙色が入りこんでゆく。

彼女は膨れ上がる。

みるみるうちに膨張し、肥大化してゆく。何倍にも、十倍にも、何十倍にも。

彼女はあまりにも巨大だ。

それに、彼女があれほど拒んでいた丸みを帯びて、球形に近い。

彼がとても全貌を把握できないほど大きくなった彼女が、突如として形を整えてゆく。

彼女はふたたび彼女になる。

しかしながら、大きい。大きすぎる。

「パルパのネル。イルミナ――」

　彼女が口を開ける。息を吸いこむ。彼はあらがうことができない。あっという間に彼女の口の中へ吸いこまれてしまう。

　彼は彼女の中にいる。

　彼女の中なのか。あれはイルミナではなかった。

　これは、と言うべきかもしれない。彼はその中にいるのだから。

　どこを見ても、橙色《だいだいいろ》だ。

　橙色の多面体らしき結晶のようなもので覆われ、この空間は閉ざされている。閉ざされているのは間違いないが、広さは掴《つか》めない。橙色の結晶のようなものは多面体だと思われるが、果たして何面体なのか。

　一部の結晶体が薄い青色に輝きだした。また橙色に変わっては、薄青色に変わる。まるで脈打っているかのようだ。その脈動が結晶体から結晶体へと広がってゆく。

「イルミナ……」

　彼は彼女の名を呼ぶ。すぐさま頭《かぶり》を振る。

「違う……イルミナじゃない……だったら……何だ？　あれは……何ものだ……？」

　彼は何を指して、あれ、と言っているのか。橙色と薄青色の脈動が、彼の論理を破綻させようとする。言葉が浮かんだ先から意味が薄らぎ、混乱して、別のものに置き換えられる。それはもともと言葉だったはずなのに、何かもうまったく違う。

「　　　　　　　　　」

「　　　　　　　」

「　　　　」

「」

空白。

この脈動が。

明滅。

（――攻撃されているのか……？）

彼は知る限りにおいてもっとも古い言語を用いて思考した。

（こ
え
い
あ
え
お
あ
？）

彼は目をつぶる。
瞑想《めいそう》。
静寂。

一転して、攻勢に打って出る。
八十九の精霊よ。
精霊たちよ。
おまえたちはそれぞれ、ときに結びつき、ときに対立する。
あるものとあるものが手を結ぶために、他のあるものが仲立ちすることもある。
あるものとあるものが、他のあるものを挟んで対峙《たいじ》することもある。
それらの関係を一つ一つ解き明かしてゆくことで、精霊の姿が見えるようになる。
対話して和解するかのように、精霊と関係を築くことができる。
八十九の精霊よ。
精霊たちよ。
おまえたちはここにいないのか。

一つとしていないのか。

精霊よ。

ここは精霊なき地平だというのか。

しかし、八十九の精霊とは異なる何か別のもの、その存在を感じる。

それはあまりにも異質だ。

八十九の精霊とは似ても似つかない。

どの精霊とも違う。違いすぎる。

やはり精霊ではないのか。

精霊ではないとしても、それはそこにある。存在している。

彼は目を開ける。

橙色《だいだいいろ》と薄青色に脈動する結晶体。

彼を押し包んでいる結晶体の数々。

そう。

脈動する大量の結晶体は、彼を包囲している。

その包囲の輪が刻々と狭まっている。脈動する結晶体が彼に迫りくる。このままだと、彼は脈動する結晶体に圧迫されるだろう。押し潰されるかもしれない。あるいは、脈動する結晶体に取りこまれるか。

彼はその脈動を反転させようとする。

薄青色の輝きを橙色《だいだいいろ》に変えてゆく。

一つ一つ脈動を止めてゆく。

精霊ではないのかもしれない精霊の存在を、すでに彼は掴《つか》んでいる。

それは一種ではない。

少なくとも、五種。

七種か。

いや、今、把握しているだけで八種の精霊ではない精霊が、ここには存在している。

ときに結束し、ときに反目する、それら精霊ではないのかもしれない精霊の性質を、彼は理解して利用しなければならない。

違う。

利用ではない。

説得し、うながすのだ。

絡まった糸をほどく。

その糸の先を掴み、たぐり寄せてゆく。

少しずつ、少しずつ。それでいて、可能な限り迅速に。

そうすることによって脈動を反転させ、停止させる。

すべての結晶体が橙色に戻った。

彼はもう閉じこめられてはいなかった。

橙色で塗り潰された空間に、立つともなく立っている。

口の中に異物があるように感じられて吐きだした。

それはイルミナだった。

イルミナ本人かどうかはともかくとして、姿形は彼女そのものだ。

ただし、とても小さい。

彼女が小さいというより、彼が大きいのか。

彼は巨人で、彼女はあまりにも矮小《わいしょう》だ。

「パルパのネル」

イルミナは顎を引き、三白眼で彼を睨《にら》みつけている。

「パルパネル」

「おまえは誰だ」

彼が問うと、彼女は繰り返す。

「おまえは誰だ」

それは彼女の声のようでもある。

同時に、彼女の声ではないようでもある。

彼は彼女を構成する精霊を探ろうとする。

人間といえど、生き物といえども、その血肉、物体としての生き物を構成するのは精霊なのだ。八十九の精霊すべてではないが、精霊たちが生き物を形づくっている。

精霊とその働きだけでは生命としての機能を果たさないことを、彼は発見した。

生命からしか、生命を生みだすことはできないことも。

「おまえは生きていない」

すなわち、イルミナの形をしたそれは、彼女ではない。

いったい何が、イルミナと区別がつかないほど彼女にそっくりなものを形成しているのだろう。

精霊ではない。

少なくとも、彼が知る精霊とは間違いなく違う。

「異界の――」

彼は気づく。

イルミナは静止しているが、天地が回っている。

回転しながら、橙色《だいだいいろ》の天地が赤と黄色に切り離される。

二つに分離しようとしている。

もはや分かたれている。

大地は赤く、空は黄色い。

赤い平面のごとき地面に、彼とイルミナが向かいあって立っている。

いいや、イルミナではない。

イルミナの外形を模倣した何か、だ。

「異界のものか」

彼が問う。

「異界のものか」

イルミナの偽物が問い返す。

「ここは、異界なのか」

彼は尋ねる。

「ここは、異界なのか」

イルミナの偽物が言う。

彼はイルミナの偽物を破壊しようとする。彼が知る八十九の精霊によって構成されているのであれば可能な方法で、イルミナの偽物を壊そうとしているが、何も起こらない。

「パルパのネル」

イルミナが笑う。顎を引いて三白眼で彼を睨《にら》みつけたまま、唇だけ笑わせる。

「パルパネル」

赤い地面がぐにゃりと歪《ゆが》む。

その赤が彼女に流れこんでゆく。

彼女が赤く膨れ上がる。

ついに皮膚が破れ、赤が噴き出す。

噴出した赤は歪んだ地面に吸いこまれ、また彼女に流れこむ。

赤が循環しながら、彼女を造りかえようとしている。

「いいさ」

彼は空の黄色を吸いこむ。黄色を体内へと取り入れる。彼はほとんど瞬時に満たされてしまう。

彼の中で黄色が猛威を振るっている。

彼女のように、彼も膨れ上がる。

彼の皮膚が破裂して、そこから黄色が迸《ほとばし》る。

迸った黄色は天に帰り、また彼に吸いこまれる。

黄色が循環しながら、彼を造りかえてゆく。

彼の視界は二つに、四つに、八つに、十六に、三十二に、六十四に、百二十八に分割される。

さらに、それぞれが二つに、四つに、八つにと分裂してゆく。

彼の肉体を構成している精霊たちが叫ぶ。悲鳴を上げる。絶叫している。精霊たちの痛みは彼のものとなる。彼は痛みを感じる。ありとあらゆる痛みを。すべての痛みを。

彼は自分自身を認識することに困難を覚えざるをえない。彼は自分が何ものだかわからない。ただ彼が彼だということしか、かろうじてそれだけしか、彼にはわからない。彼の感覚は無数に分割されて入り混じっているため、イルミナ、イルミナの偽物、イルミナの偽物だったものの状態も把握できない。ただそれがそこにいることしか、そこにそれがいることだけは、彼にはわかっている。

彼はイルミナの偽物だったものに食らいつく。それこそ彼がしようとしていたことだったから、彼は迷わずそれを行う。彼はイルミナの偽物だったものを食べてしまう。

今やそれは彼の中にいる。

21話　ありがとう。

「――……パルパネル」

呼ばれている。

「パルパネル……パルパネル――……」

ここは、どこだ。

「パルパネル」

「ああ」

呼び声に答えると、ここは異界ではないということがはっきりした。

地下四層。

金属質のもので覆われた窪地《くぼち》の中央だ。

彼は井戸のような穴を前にしている。

イルミナ。

魔女イルミナが身を投げた穴だ。

「パルパネル、何があった?」

外套《がいとう》の襟から蛙《かえる》が顔を出している。

「妙だったぞ。あの女がその穴に落ちたあと――」

「わからない」

起こったことは曖昧ではなく、逐一記憶している。しかし、それが何だったのか、正確に言い表すことはできそうにない。

音がないことに彼は気づいた。地下四層に降りたときから聞こえていた、あの低い音がしない。穴の上には四本脚の台のような構造物がある。その台の上の釣り鐘形の物体が音の発生源だったはずだ。

「装置が……停《と》まってる？」

「そういえば、灯《あか》りも消えた」

「いつだ」

「貴様の様子がおかしくなったときだと思うが。あの女が穴に落ちてからだな。それは間違いない」

「どれくらい経《た》った？」

「二十かそこら数えるくらいだろう」

「たったそれだけか」

彼は右手を上に向けると、秘術によってそこに掌《てのひら》大の光球を出現させた。顔の右斜め前あたりに光球を移動させ、固定する。久しぶりに使う秘術だが、光源があったほうがやはりよく見える。

「穴に降りてみよう」

「何？　危険ではないのか。まあ……貴様に言うようなことでもないか」

「見てみないと」

彼は秘術を使って穴の中をゆっくりと降下していった。

光球の位置を足許《あしもと》まで下げても、底は見えない。

「深いな……」

蛙《かえる》が呟《つぶや》いた。

彼は首を振った。

「そろそろだ」

やがて彼は底に降り立った。

穴の深さは七十メトロといったところか。底は金属で覆われていない。ただの岩盤だ。

念のため、屈《かが》んで直接ふれてみた。冷たく、いくらか湿っている。

何もない。

「パルパネル……」

「ああ」

「おかしいぞ。魔女はこの穴に落ちた」

「そうだな」

「どこへ行ったのだ？」

「異界」

　彼は下唇を噛《か》みそうになり、思いとどまった。

「……はっきりとしたことは言えないけど。イルミナが何かをして、この穴はおそらく、異界に通じていた」

「貴様は、何かを……見たのか？」

「僕も異界に行ったような気がする」

「しかし、貴様はあの場所にいた。私はこのとおり、片時も貴様から離れていない」

「それでも、異界のものと呼ぶしかない何かを感じた。あれはイルミナの姿をしていたけど、イルミナじゃなかった」

「魔女が喚《よ》び出したのか」

「かもしれない」

「貴様はそれを打ち倒したのだな」

「どうかな」

「確信が持てないのか」

「よくわからない」

「歯切れが悪いな」

「異様な経験だったんだ」

「天上の神から不老不死をたまわった救世の勇者たる貴様にとっても、か」

「くそ……」

　彼は我慢できずに舌打ちをした。

「イルミナめ。こんなわけのわからないことをしてるなら、ちゃんと話を聞きたかった。魔女が消えたらトーマ王が怪しむだろうし、腰を据えてここを調査するっていうのは現実的じゃない。覚えられるだけのことは覚えるとしても、それだけを頼りにどこまで真相に迫れるか。イルミナが何か記録でも残してればいいけど……」

　蛙《かえる》がため息をついた。

「何を悔やんでいるのかと思えば、そんなことか。パルパネル、貴様は世界を救ったのかもしれんのだぞ」

「大袈裟《おおげさ》だよ」

「もし異界のものとやらがこの世界に入りこんでいたら、どうなっていたことか」

「さあ。想像もつかないな。あれはちょっと、異質すぎる」

「ひょっとしたら、異界のものはこの世界を侵略したかもしれん。異界のやり方でな」

「それか、意外と幸福をもたらしていたかもしれない」

彼は光球をほぼ頭上に移動させると、秘術によって上昇しはじめた。

「僕はただ自分の身を守っただけだ。世界を救おうだなんて、これっぽっちも考えなかったよ」

「西の王を殺したときはどうだった」

「あれは……」

彼は光球を消そうとしたが、思いとどまった。

「どうもこうも。やるしかなかったから。あのときは。人が大勢死んでいたし。こっち側の人類とか、あっち側とか、そういうことでもない。あの戦いが続けば、もっともっと死ぬことは目に見えてた。たとえ人類側が全面降伏したとしても、西の王は殺戮《さつりく》をやめなかったと思う。西の王にも止めようがなかったんだ」

「西のことは、私にはわからんが。未開の蛮地だとされていたからな」

「彼らが住んでいて、彼らなりの文明を築いてたんだから、未開でも蛮地でもないよ。でも、僕らとはずいぶん違う。何より、行き来がほとんどなかった」

「ほとんど、か」

「魔術師の中には、昔から西を目指す者がいたんだ。たぶん魔術師だけじゃない。いわゆる人類の祖は、リリアとエルフだと言われてるだろ」

「リリアはアビー人やノレド人などに分かれ、エルフは長耳人《ユーリ》や銀瞳人《ウルク》、大角人《ホルン》、東海人《ジャッカ》、狼人《ルーロン》などに分化したというが」

「アビー人やノレド人はともかく、長耳人《ユーリ》、大角人《ホルン》、狼人《ルーロン》の先祖が同じだっていうのは、伝説にすぎないんじゃないかと僕は考えてた」

「たしかに彼らは似ても似つかん」

「僕はずいぶん西を探索した。敵を知るために――」

彼は穴から出たところで上昇を停止した。

見下ろすと、魔女イルミナが落ちて消息を絶った深淵《しんえん》は、単なる暗闇でしかない。

「自分たちは東方で迫害されて追放され、西方に流れついた者たちの末裔《まつえい》だと、西の王は主張した。自分たちからすべてを奪って我が物にした東の人類は、生まれながらにして罪を背負っている」

「侵攻を正当化したわけだ」

「西には、エルフの痕跡がいくつもあった」

「何……？」

「西の者たちの祖先は、エルフかもしれない」

「では、迫害されて追放されたというのも、あながち与太《よた》話ではないのか」

「それは何とも言えないけど。とにかく、西の者たちは東の人類を敵視してるし、西の王がいなくなったからって、その憎悪が消えてなくなるわけじゃない」

「ならば、貴様はなぜ西の王を討ったのだ」

「選択肢は他にもあったよ」

「たとえば？」

「何もしない、とか」

彼は穴の縁に降り立った。

「いっそ、いがみあって戦う者は、僕も含めて全員、いなくなっちゃえばいいんじゃないか、とかね」

「それはまた――」

「幼稚な発想だよな。ちらっと頭をよぎって、我ながら呆《あき》れたよ。でも、殺しあいに発展するような争いをなくす方法は、けっこう真剣に考えたことがある。問題は数なんだ」

「人口ということか？」

「ああ。古今東西、いろんな王国、王がいない集団を、見たり、記録を読んだりしてきて、思ったんだ。ここに十人の王国があるとする。この場合、王は強権的にならない。横暴に振る舞うことはできない」

「反乱を恐れねばならんからな。王が一人、民が九人なら、五人の民が団結すれば互角だ。六人が意を決すれば、王を倒せる」

「そう。王は贅沢《ぜいたく》をすることもできない。常に民の顔色をうかがって、優秀な仲裁者を目指すのが最善だろう」

「百人の王国でも、さして事情は変わるまい」

「たぶん、千人でもね。三千人だったら、どうかな。一万人なら？」

「人口が適切な数に収まっていれば、殺傷を伴う大規模な闘争は起こりえない……貴様が言いたいのはそういうことか？」

「密度とか環境とか、いろんな条件はあるけど、基本的には正しいと今でも思ってる」

「しかし、王国が複数あったら、事情は変わってくるのではないか」

「王国が一つじゃなくて、王が何人かいたとしても、世界に十人しかいなければ？　百人ならどうだろう。千人なら？」

「……そういうことか。人口が適切な範囲に収まってさえいれば、食糧などの資源を奪いあう必要がない」

「豊かな土地を巡って命懸けで戦うより、他をあたったほうがいいからね」

「理屈としてはわかるが……」

「適切な数をどうやって割り出すか。少しずつ減らしていって、様子を見ながら決めるのか。誰が減らすのか。このあたりが適切な数だと、誰が判断するのか。放っておけばまた増える。そうしたらまた減らさなきゃいけない」

「仮にそれをやるとしたら、貴様しかおらんだろうな」

彼は光球を消した。

「僕には無理だ――」


王城の地下を抜け出してアダツミが用意した隠れ家に戻ると、もぬけの殻だった。

「え？　天使は……？」

「いないようだな」

蛙《かえる》が彼の外套《がいとう》から出て、そこらを跳ね回った。しばらくすると戻ってきて、彼の体をよじ登り、肩の上でげこりと鳴いた。

「天上に帰ったのではないか」

「いや、帰れないだろ。輪っかがあれだし」

「神の気が変わったのかもしれんぞ」

「そんな簡単に」

「神だからな」

「まあ、それはそうなんだけど」

「よいではないか。世話が焼けるやつだったし、貴様は実害を被ってもいた」

「うん。それは本当に」

「指切りだったか。約束させられたのにな」

「針千本、ね」

「無事に帰らねば千本の針を飲まされるところだったが、貴様はこうして帰ってきた」

「約束した天使はいないけど」

「無事に帰ってきた貴様を、天使が迎えるという約束をしたわけではあるまい」

「釈然としないな……」

彼は苦笑した。

「そんなものか」


本来はアダツミと連絡をとって善後策を講じるべきだろうし、城の地下に潜入する前は事後そうするつもりでいたのだが、なぜそこまで各方面に配慮していちいち手順を踏まねばならないのか。イルミナは同門なので放置できなかった。さりとて、彼はもう世の流れや動きに関わらない。家だ。練習で建てた仮の家はタラソナに焼き払われてしまった。彼は死なないようなので、終の棲家《ついすみか》とはならないかもしれないが、当分の間寝起きする家はないよりあったほうがいい。仮の家を上回る家を建てるのだ。

そうはいっても、ギャロに顔を見せるくらいのことはしておくべきか。薔薇《ばら》の王子は王都ワドムーンにいるだろう。彼が赴けば会うことはできるはずだ。顔を合わせるだけで口を利かない、というわけにはさすがにいかない。ちょっとした立ち話ではすまないだろう。結局、一通り説明する羽目になる。

考えるだに面倒なので、やはり家を建てることにした。

今度はゼフィアロ塔から程遠からぬ森の奥深くを建設予定地に定め、樹木の伐採から始めた。道具だけ用意し、根を抜くところまで秘術を使わずにやってみたが、時間がかかるだけでおもしろみはない。開拓と木材の調達には秘術を駆使することにした。

二階建ての木造建築が出来上がると、感慨無量というほどではないとしても、しみじみとした充足感が彼の胸を満たしていった。頭の中に描いた設計図どおりとはいかなかったが、作業の中で修正、あるいは改変することでいくつもの障害を乗り越えた。決して大きな家ではない。それでも、彼一人と蛙《かえる》一匹で暮らすには一階部分だけで事足りそうだ。手狭ということはまったくない。

彼は二階に設けた露台に毛布を敷き、その上に寝転がった。

胸の上で蛙が丸くなっている。

蛙は瞬膜という透明の瞼《まぶた》を持っており、水に潜るときにはそれによって目を保護する。今は瞬膜ではない瞼を閉じているので、眠っているのかもしれない。

彼も目をつぶった。

心地よい葉擦れの音を楽しむ間もなく、目を開けた。

「うむ……」

蛙《かえる》も瞼《まぶた》を開けた。

彼が身を起こすと、蛙は彼の肩の上に移動した。

露台から少し乗り出して見下ろすと、家の前に狼人《ルーロン》が立っていた。

狼人は胸に右手を当てて頭を下げてみせた。その動作に合わせて、彼女の犬のような耳がわずかに下を向いた。

「アダツミ……」

彼は顔をしかめた。

「もうここを嗅ぎつけたのか。今度は何しに来たんだ。ザンタリスの件は僕なりに片をつけた。ギャロに会うつもりはないよ」

「憚《はばか》りながら、まだ片づいてはおりません」

「魔女は消えただろ」

「はい」

「じゃ、問題解決だ」

「問題は残っております」

「何だよ、いったい」

「当方でお連れしようとしたのですが、ご本人に納得していただけません。正直なところ、対応に苦慮している次第です」

「連れてくる？　本人……？」

彼は首をひねった。

「誰？」


彼はザンタリスの王の都エスタースへと全速力で飛んだ。スバロー通りの外れにある一軒家の扉を開けて中に入ると、袖なしの白い衣しか身につけていない少女がこちらに背を向けて床に座りこんでいた。

「天使……」

彼は二の句が継げなかった。外套《がいとう》の襟から蛙が顔を出した。

「おお。間違いない。天上に帰ったのではなかったのか……」

「帰れねーしっ！」

天使は激しく頭を振った。振り向こうとはしない。

「だいたい、帰れなくなっちゃったの、誰のせいだと思ってるんですかね。帰れるんだったらとっくに帰ってるんだっつーの、ばーかばかばかばーか！」

「……いや、でも、いなかったじゃないか。僕がここに戻ってきたときは」

「いましたよ！」

「いなかったって……」

「隠れてたんです！　びっくりさせようかなーと思って！」

「え、隠れてたって、どこに……」

「ここ！」

天使は床を平手で叩《たた》いた。

「床下に！　入りこめるって気づいたから！　いたんです！　下に！」

「出てくればよかっただろ……」

「なんか、天上に帰ったんじゃないかとか言ってるし！　そんなわけないのに！　約束したんだから、待ってるに決まってるじゃないですか！」

「それは、まあ、うん……」

「ショックじゃないですか、わたしにしてみたら！　めちゃくちゃショックで、なんか、ばーんって出ていってみたいなテンションじゃなくなっちゃって、ネルネルは『釈然としないな……』とか言っときながら、『そんなものか』……！　そんなものかって！」

「たしかにあれは冷たかったな」

蛙《かえる》がもっともらしく言った。

「つ、冷たいも何も、天上に帰ったとか言いだしたのはおまえだからな!?」

「私はありうる可能性を提示しただけだ。貴様がすんなり納得したので、内心、驚いたくらいだぞ」

「何だよそれ。ずるいな。僕だって、てっきりいるもんだと思ってたのにいなくて、あれ、みたいな、それこそショックっていうか……」

「だったら捜せよぉ……！」

天使が両手で床をぶっ叩きはじめた。

「必死こいて大捜索するくらいしろよぉ……！　そしたらわたしだって、出ていこうかな、出ていかなきゃなって気持ちになるじゃないですか！　まさか、さらっと行っちゃうとは思わないじゃないですか！　傷つくわ！　傷つきまくりますわ！　傷だらけの天使ですわ！　くそくそネルネルにあほあほ蛙さんめ、もうやってられっかぁーっ……！」

「ご、ごめんって……」

「軽い！　それで謝罪してるつもりなんですかね!?　言葉が軽すぎなんですよ！」

「悪かったよ。さすがに、何だろ……うん、反省してる」

「本当に？」

天使がやっと振り向いた。顔を真っ赤にして、眉を吊《つ》り上《あ》げて口を尖《とが》らせ、頰《ほお》を膨らませている。

彼はうなずいた。

「本当に」

それから、あらためて頭を下げた。

「僕が悪かった。謝るよ。許《ゆる》して欲しい」

「……謝ってすむなら、警察はいらないんですからね」

「警察……？」

「ただ謝るだけじゃ足りないってことです！」

「そうか。ええと……そうだ。家を建てたんだ」

「お家《うち》？」

「新しい家は二階建てで、部屋が一つあいてる」

最初は平屋でいいと思っていた。途中で二階建てに変更したのだ。余分な部屋が一つくらいあっても困りはしない。それに、あの天使のことだ。また天上から追放されるかもしれない。あるいは、神が何らかの目論見《もくろみ》で天使を彼のもとに送りこむ可能性も考えられる。いずれにせよ、もしものときのために、居場所がないよりはあったほうがいいだろう。

「天使、きみを迎えにきたんだ」

彼は腰を屈《かが》め、天使に向かって右手を差し出した。

「帰ろう。僕らの家に」

天使はしばらくの間、彼の右手を見つめていた。

うつむいたのは、こぼれた笑みをごまかすために違いない。

天使はわざとらしくため息をついてから、彼の手に掴《つか》まった。

「しょうがないですね。今回だけは、許してあげます」

彼は天使の手を引いて立ち上がらせた。

「ありがとう」

続く

あとがき

ずっと蛙《かえる》が出てくる小説を書きたかった。なぜなら、僕は蛙が好きだからです。

蛙の何がいいのか。これは難しい。正直なところ、僕にもよくわかりません。ただ、ようするに見た目なのだろうという気がする。

僕は蛙の見た目が好きだ。生態はとくに好きでも嫌いでもない。以前、蛙を食べたことがある。フライだ。よく揚がっていて、鶏肉《とりにく》に似ていた。おいしかったが、是非また食べたいと思うほどでもなかった。

たまに何の動物が好きかと訊《き》かれることがある。僕はかつて猫を飼っていた。猫の小説も複数書いた。たしかに猫は嫌いではない。イエネコに限らず、ネコ科の獣全般、美しいと感じる。しかしながら、狼《おおかみ》もすばらしい生き物だと僕は思うのです。犬は飼ったことがない。幼いころに咬《か》まれたことがあり、多少苦手意識がある。けれども、狼には一種の憧れのようなものを抱いている。狼に似たハイエナも、実物を目にすると感嘆してしまう。ただ、何の動物が好きかと訊かれると、だいたいの場合、蛙、と答えるのです。

蛙が出てくる小説を書きたい。かといって、蛙が書きたいのかというと、それはたぶん違う。僕は蛙の見た目が好きなのだ。幸い、僕がよく書かせてもらっているライトノベルは、イラストによって強力に視覚的な補完がなされる。蛙が登場する小説を書けば、蛙を目にすることができるはずだ。ちらっと出てくる程度では満たされない。できれば出ずっぱりであって欲しい。

じつは、今作以前にもマンガの原作を手がける仕事で蛙を出そうとした。残念ながらこの案件は頓挫《とんざ》してしまい、僕の蛙は日の目を見なかった。

僕はとうとう蛙が出てくる小説を書くことができたのです。この『パルパネルは再び世界を救えるのか』では、主人公に蛙がほぼ付随している。常に、とまではいかないけれど、主人公がいるところにはたいてい蛙がいるのだ。こんなに嬉《うれ》しいことはない。

語るべきことは他にもありそうだが、またの機会に。次の機会があることを切に願っています。僕は蛙が出てくるこの小説を大変気に入っているので続きが書きたい。

本作のビジュアルはイラストレーターのしおんさんの感性と才能に拠《よ》っており、またデザイナーの草野剛《くさのつよし》さんに多大な尽力をいただいた。担当編集者の鈴木《すずき》さんがいなければこの小説が形になることはなかっただろう。その他、本書の制作、販売に関わった方々と、今、紙の書籍であれ電子書籍であれ、本書を読んでくださっている皆さんに、心からの感謝と胸いっぱいの愛を捧《ささ》げつつ、ひとまず筆をおきます。いつか世界を救う旅の途中でまたお会いしましょう。

十文字《じゅうもんじ》　青《あお》

ファンレター、作品のご感想をお待ちしています

あて先

〒102-0071　東京都千代田区富士見2-13-12
株式会社KADOKAWA　MF文庫J編集部気付
「十文字青先生」係　「しおん先生」係

MF文庫J

パルパネルは再び世界を救えるのか

2024年 9月 25日 初版発行

著者 十文字青

発行者 山下直久

発行 株式会社 KADOKAWA
〒102-8177 東京都千代田区富士見 2-13-3
0570-002-301（ナビダイヤル）

印刷 株式会社広済堂ネクスト

製本 株式会社広済堂ネクスト

Printed in Japan ISBN 978-4-04-684010-3 C0193

◇◇◇